ふしぎとうれしい

長野ヒデ子
Hideko Nagano

石風社

装画　長野ヒデ子

ふしぎとうれしい　目次

鎌倉ライブ —— 5

サラダの気分で —— 69

鎌倉ライブ

はじまり、はじまり

この夏、横浜から鎌倉にアトリエを移した。鎌倉と横浜の自宅を行ったり来たりしている。鎌倉にアトリエを持つなんて大作家や大画家でもないのに（現にうちの町内には井上ひさし氏がいらっしゃる）、オマエサンゴトキがなぜ鎌倉にと言われそう。ゴモットモなことで、実はひょんなことから転勤中の間だけ家を貸してくださる方があり、しばらくの間すてきなアトリエを手に入れたのである。うれしくてたまらない。

鎌倉には低い山がたくさんあり、緑が多くて古都の風情と地霊がただよい、ちょっと歩けばお寺に神社にと……散策がたのしい町である。そんな小さな路地を入ってゆくとすっぽり緑につつまれた森になり、その森の中にアトリエがある。

ロケーションのよい静かな世界だが駅からたった十五、六分のところなのに、信じられないほど小鳥やリスがやってくる。近くの大きな木のウロでフクロウが子育てをしているのをみつけたときは感動で心がふるえた。この話はあとでゆっくり書きたい。

蚊やムカデにさされて悲鳴をあげたり、大きなハチの巣にヒヤヒヤしたりしながら森の中の生活をはじめた。そうそう、うら山にはタヌキもいるし、何だかたのしくスキップしたくなる気分。

もちろん私はスキップした。とたんに穴に落ちた。この家には地下室があって、そこへおとし穴のように落ちたのである。鎌倉へ越してきて一番はじめに行ったところが外科の病院というみっともないことでスタートした。

ケガはするし、さんざんだったが、友人や編集者が「なになに鎌倉！　いいなあ！」と次々にやってきて、だれもが「何ていいところ」と森の精気を体いっぱいに感じて、うっとりくつろいでしまうのである。この夏はベランダがビアガーデン化して盛り上がってばかり。

私のエッセイの担当は日曜日なので、ワクワクワイワイとあそびの話ですすめられるといいなあと思うのだが、何だか「鎌倉ライブ」になりそう。つまりメチャクチャ。あっちの話、こっちの話と跳びはねて、何がなんだかわからなくなりそう。お許しのほどを。

あっネコ！　ほらかわいいでしょう（ライブだから見えたつもりになる）。ときどきやってくるんですよ。ほらほらあそこのネコ。すてきなおばあさんが三人でいっしょに暮らしていらして何と十七匹もネコがいるんですよ。このこそこのネコなのよ。ニャーン——と、こんなぐあいに突然こういう文になるかもしれません。ライブですもの。

フクちゃん

秋晴れのいい天気です。もしよろしかったら今日は私のアトリエに遊びにいらっしゃいませんか？　どんな世界にでもすぐに飛んで行けるのが絵本の世界。だから今すぐいらしてください。朝ごはん食べながらでもかまやあしません。

「なーんだ文字の上のことか」などと笑ってらっしゃるお方は、両手を広げてお部屋をビューンと回って空の旅、次はいすにまたがってガタンゴトン、ガタンゴトン。カマクラーカマクラー。とやってください。「何だって子供のやるあれかい！」ってあきれ顔なさらないで。まあまあためしてください。（私はときどきやる）。

あのガタンゴトンこそ目に見えないものや手の届かぬものを見事につかまえてしまうすばらしい術。大人はあの子供のころの宇宙的創造力と自由さをいつ手放してしまったのかしらとうらやましく思うのです。

それで今日はとりもどして……あらもう鎌倉駅です。こっちこっち、こっちです。私のうちはこの道です。途中でワクワクドキドキしながら通る家があるのですよ……。ほら！こっそり小さい表札に「横山隆一」。そう、あのマンガのフクちゃんの作者横山隆一先生のお宅なんです。私はいつも感動で胸がいっぱいで表札におじぎしてしまいます。

だって私が自分の意識の中で初めて買ってもらった本がフクちゃんのマンガの本だったのです。三歳のころです。よほどうれしかったのか本屋さんのガラスケースの中に装われてあったのを手渡してくれたことまで、映像として覚えているのです。

その本は横長で子供心に大きく絵本のようだったと。開くとコマワリでなくカラーページのたのしい絵がいっぱいあったようだったと……。

大人になってこの本の話をしてもだれも知らないし、絵本のように大きい本だったなんて思いちがいじゃないのと言われるのです。

ところが、昨年大阪国際児童文学館で見つけ出してくださったのです。うれしかったですね。やっぱり絵本のように大きくて横長で、ページをめくると本当に絵本のようなマンガの本でした（当時としては高価なものだったとか）。私の『フクちゃん』に出合ったことは、私の絵本の原点をみつけた思いがしました。

そして今幼い日にくり返し読んだ本の作者の家の前を毎日通っているのですから感慨無量です……。

あっ、私の家に着かないうちに紙面がなくなりました。ごめんなさい。あとはご自由にブラブラと。もし迷子になられたら今日の新聞を頭からかぶってホームレス。

野の花の命をめでる

明日は銀座のK画廊にて「野の花を生けて小さな命をめでる」という遊びをすることになり私は友人の今治出身の画家で陶芸家の有元容子さんの器に生けることになった。容子さんはあの天才画家故「有元利夫」夫人である。共に高校時代高階重紀先生より絵を学んだ縁で親しく、児童文学者今西祐行先生が山の畑で子供たちと一緒に農業をする「農業小学校」にも通った仲である。お茶のお稽古《けいこ》にも誘ってくださった。以来月に一度のお稽古は静謐《せいひつ》な世界と日常の疲れた心が癒《いや》される私の大事な時間となりました。その上習っている方々が、建築家、染色家、画廊の主人、釜師あり、コピーライターに編集者、彫刻家に大学教授にお坊様に陶芸家等すてきな方ばかりで、お茶室に座っているだけでたくさんのことを教えられて楽しい。

その仲間で野の花を生けるのです。だから花展とは異なってどんなに生けられるやらワクワクするのです。

私の生ける容子さんの器は何とも清々《すがすが》しく、それでいて凛《りん》とした姿です。彼女の作品は本当に心が洗われるような、すき通った感じになるのです。その器に花を生ける喜びで私はふるえます。それで今朝は鎌倉の谷戸に住まわれて山野草を大事に育て守っているSさんのところへ、お茶の先生とごいっしょにお花を頂きに行きました。途中で、紅葉した葉とツンツン黒い実を付けたキンシバイをみつけ、谷戸でひっそり咲いている山路ホトトギスを摘ませていただいた。このまま山懐で咲いていた方が幸せなのに「ごめんなさい」と恐る恐る摘んで私の秋は決まった。

山で摘んだハギ、ツワブキ、エノコログサ等かわいい花をかかえて東京銀座にくり出した。小さな野の花を山から銀座に連れて行くのは、何だかいとしげな村娘を町に売りに行く人さらいの気がしてどことなく私は胸が痛んだ。ごめんね、銀座なんかに行きたくないでしょうに許してねと語りかけながら抱えて行ったのです。

ところが画廊に着いて、それぞれに生けられた野の花は生き生きとむじゃ気にはしゃいでいるのです。たまには野の花も都会に出てみたいのかなあ……、それとも遊び心が花たちに伝わってけなげに応えてくれているのかも。いやいや案外野の花も銀ブラして遊ぶのが好きだったりしてね。

そして小さな草花はやさしさといとおしい時間の流れを与えてくれ、都会の人をうっとりとりこにした。
その会場にさりげなくかけられた短冊が心にくい。

もてなしの心を花にかたらしめ　虚子

野の花に遊んでもらった秋の日のこと。

あめや

「フロリダあめや一時帰国。帰って来ました。今年もハイハイ。あめやのみゆきをつまみに一杯のんでおくれ。あちこちからオモシロイ人が集まって何だかすごいぞ。濃い二時間、来ないと損そん。まってるよ。日時はあした場所はここ。　　あめやのみゆき」

突然こんなたのしいファクスが届いた。あめやとは飴屋《あめや》で、日本でただ一人の女飴細工師なのです。といっても今はフロリダのディズニーランドにスカウトされて向こうで飴細工のパフォーマンスをしているかわいい女性。

出会いがたのしく、福音館の「母の友」という雑誌に、以前「隣りのいい女」というのが連載されてて、すてきに輝いている女性が紹介された。その中でびっくり。ヌードダンサーのビアンカが登場。そんなとき福音館の編集者がビアンカのヌードショーをみんなで見に行かないかと誘ってくださった。ヌードダンスなど見たこともないので、もちろんこのチャンス逃がすはずがない。小さいホールはもう満員で、ピカソの絵に出てくるような野性的なビアンカの踊りにドキドキした。

ところが前の席は若い普通のお母さん方が陣取っている。聞いて驚いた。ビアンカの息子の幼稚園の父母会のメンバーという（園児たちもビアンカが大好き）。今日はご招待されたとか、彼女たちも初めて見たであろうヌードショーにコウフンしている。そのまん中にビアンカの息子がチョコンと座っている。赤ちゃんのときからお母さんの一番美しいヌード姿を見せて育てたという。いやあ驚いた。ちなみに息子の名前はアッパレ。みごとな母さんで舞台はとても健康的だった。

ショーも終わり、帰り際に飴屋がヌードの飴を百本もって現れた。ビアンカの「今日のおみやげです。好きなところからナメてください」に大爆笑。その飴屋がみゆきさん。私はそのヌードのアメも、ビアンカにもほれぼれした。それで私の「お江戸の百太郎」の原画展が「江戸展」として開催されたとき、飴細工師みゆきちゃんを主催者が呼んでくれた。会場に集まった大人も子供も大喜びだった。手品のようにいろいろな飴が生まれてくる。それはものが生まれる喜びを目の前でみせてくれるすばらしい芸。いいなあ、いいなあ。

そのみゆきちゃん、私が『せとうちタイコさんデパートいきタイ』（童心社）で日本絵本賞を受賞したとき、タイコさんのアメを百本お祝いに届けてくれ、感激でした。絵本が大好きな詩人のような飴屋さん。うれしいね。

さて明日はあめやのみゆきちゃんを囲んでコン。ハイハイ。ハイ。

かぐやひめ

ぽっかり月が出ました。「こんな月夜には、子供達は何か夢みたいなことを考えがちでありました」とは南吉の『狐』の中のことばですが、月夜の神秘的な明るさはだれもが何かをかきたてられるものがあります。

ただならぬ力がどこからかあふれ出るような気を感じ、すべて命あるものも、そうでないものも動きだそうとするような気配をみせているように思います。

だから子供の本には満月の夜のおはなしがことさら多いのです。

長新太の絵本『月夜のかいじゅう』など、まさに満月の不思議さをずばり表現し、ドキリあり、笑いあり、絶妙です。

日本の昔話でお月夜の話といえばかぐや姫。私はその『かぐやひめ』の絵本を出しました（文、岩崎京子、教育画劇）。

かぐや姫の絵本というと、たくさん出ているようで、そうでないのです。かさこじぞうなど名作を生み出された岩崎京子先生の品格と無駄のない格調ある、わかりやすいリズムを持ったことばはゆったりとあたたかく、さすがです。

このシリーズでは太田大八、長新太、田島征三、片山健など、すごい画家ぞろいの中に私も入ったので、たじろぐ思いでした。古くから語り継がれてきたかぐや姫を新しい感覚でつくってゆけたらと悩んだのです。

どうして月から地球にやって来たのか。その理由は。どうして帰らねばならなかったのか。あらためてたくさんのかぐや姫伝説やら資料やら読み進んでいくうちに、かぐや姫という一人の少女の成長とともに起きるとまどい、物の考え方、育ての爺《じい》と婆《ばあ》との心情も考えながら、この世の者でない少女の内面をさぐって描きたいと思ったのです。

五人の若君《わかぎみ》のプロポーズに難題を出すかぐや姫。かなわぬ難題をうそをつくことでクリアしようとした若者のごまかしとおごり。だれ一人「私はそのような難題に答える力はありませんが、それでもあなたが好きです」と、正直に心から自分の気持ちを伝える者はなく、本当はそのことがかぐや姫の美しいがゆえの悲しさだったのかもしれないと、私は思いめぐらしたりするのです。

また、百万の兵もかなわぬ月の光とは、武力よりも心の中から出る光の方がいかに強く、何ものにも勝るということなのかなあと……。

それにしても、王子さまをただ待つだけの白雪姫に比べて日本のかぐや姫は何と自立しているこことよと驚き、そういう少女に仕立てていきました。

こうして月をぼーっとながめて思いめぐらし、満月の不思議な力をいただいて描いた絵本『かぐやひめ』です。月夜に読んでくださるとうれしい。天女の向井千秋さん、今ごろかぐや姫と会ってるかなあ……。

ネコマサ

あら！　ネコ。おしゃれで知的な三人のおばあさんがこの森の一番奥に住んでらしてそこのネコです。おばあさんちの屋根の上、塀や木の上、植木鉢の中、靴の中。トラネコ、キジネコ、アカ、クロ、シロと、まあみごとに十七匹が勢ぞろい。どのネコもナカナカのネコで、ときどきそのうちのどれか一匹がやってきて「オマエサン、『ネコのたいそう』（童心社）なんて紙芝居を作ったんだって？　見てやるからやってみな」とでも言いたそうな堂々とした面がまえでみつめられるので、私の方がオドオドしてしまいそうなネコたちなのです。

おばあさんたちは、せっせとネコの世話をしながら「もうネコで大変。毎日、神様どうかこのネコがいなくなりますように……ってお祈りしているのよ」とおっしゃるからたのしい。『一〇〇まんびきのねこ』（ワンダ・ガアグル作／福音館）のお話にもまけないほど。

ところで昨年、札幌の高楼方子さんから「うちのネコのネコマサを預かってほしい。いい子だから」とお便りをもらいました。子どもの本の世界で今一番楽しい作品を書いている高楼さんもネコも大好きな私はとび上がって喜びました。どんなネコかなとワクワクして待っていたら、ネコマサは大きな唐草模様の風呂敷《ふろしき》包みを背負って「ごめんなさいまし」とやってきました。人なつっこくて話も抜群におもしろい作品……。いえまちがい、ネコでして、私は抱いて眠りました。

ところが、これがなかなかのドロボーネコ。高楼さんとびっきりの傑作の生原稿を、こっそりと風呂敷包みの中に盗んで持って来ているではありませんか。ネコマサは私を見てニヤリと笑い、「読みます?」と言って見せてくれたのが『夜にくちぶえふいたなら』の原稿なのです(ネコに原稿を盗まれるほどの作家はほかにいない。さすが高楼さんだ!)。どんな事情で女房に逃げられたのか知りませんが、ネコマサはドロボー仕事しながら六匹の子ネコをちゃーんと育てているんですよ。今どきこんなけなげなネコはいません。

その上ネコマサは「このモデルは私です。ごやっかいになっているお礼に……」とポーズまでとってくれるのです。私はうれしくって夢中で描きました。そんなこんなでネコマサと本を創ることになったのですが、私のチョコレートを盗んで「さいなら」と置き手紙を残して消えちゃいました。いや、なかなかのネコです。すっかりネコマサファンになりました。私もネコマサにドロボー仕事おそわりたい気分です。えっ! あなたもネコマサに会いたいですって? うれしいですねえ。『夜にくちぶえふいたなら』(旺文社)で会えます。でも気をつけてください。ネコマサはドロボーネコですからね。心うばわれますよ。

今村昌平監督

私たちのかけがえのない水を恵んでくれる森を守り育ててゆくことを県民の手によるボランティア活動で高めてゆきたい、しかも子供のときからかかわってほしいと、神奈川森林組合は森や木の絵を募集している。

その選考を今村昌平監督とごいっしょにしていて、お会いする前に「カンゾー先生」を見に行った。人間喜劇の中に深い真実をドーンと描ききっていてすごい映画だった。昔、坂口安吾の原作を読んだことがあるけど、ほんとに短い短編だったし、あれは伊豆の話だった。それを瀬戸内の海に舞台を移して、捕虜を登場させたり安吾の他の作品から自然児の若い女の子をカンゾー先生と組み合わせているところがさすがするどい。そして戦争によって普通の人が普通でなくなる心の怖さや、善意と間抜けがどんなにいいものか伝わってくるいい映画だった。ラストシーンの海の中の透きとおったまっすぐな透明感に息をのみ、デフォルメされたユーモアにゆるぎない強さを感じた。

昨年は「うなぎ」でカンヌ国際映画祭でグランプリをとられた巨匠の若々しい感性にまたまた魅せられたなあ。

その監督がどういう目で子供の絵を選ばれるのか知りたいし、もう一人の選考委員は吉村真理さんで楽しいし、子供の絵からエネルギーをもらえるし、たのしみな一日なのだ。

私たち三人は本当に一枚一枚、丁寧に見て選んでゆくのだが、よく描けていると一般に言われる絵とは全くちがう絵を三人は選んでしまうが、三人の選ぶ絵が少々異なっていて、それが又おもしろい。今村監督は絵にドラマがある絵を選ばれる。頭で考えた絵ではなく、子供が心をふるわせて、自分もたのしみながら描いた絵はなんだか動き出しそうな楽しさがあるので、私たちは心ひかれてしまう。選ぶということは切りすてていって唯一のものを選んでゆくので今村先生はすぱっすぱっと切りすててゆく。私は子供が木や森に心ひかれて描いてくれたその気持ちだけでうれしくて、みんなに賞をあげたくなってしまうので切りすてるのがつらい。

会場は子供たちの絵がいっぱい。だれもがその場にいるだけで心地よくうれしい。吉村さんも私もその絵の中を泳いでいる気分で選びながらはしゃいでしまう。そして「オバサンはあの絵がいいといっとるが、オジサンはコレがイイ」などと今村先生もリラックスして選ばれる姿が私は「カンゾー先生」のように見えて、選ばれた子供たちの絵は映画のラストに出てくるクジラのようにまぶしく輝いて見える。

ぼーっと うっとり

私の住む森も紅葉が美しく、空にはトンビも舞っています。こんな日はぼーっとしていたいなあ……。

昨年一カ月ほど北海道の雪の森の中で暮らす機会に恵まれ、毎日雪を一日中眺め、夜はストーブの火を見つめぼーっと過ごしました。ただ雪を、火を、見つめているだけで不思議とうれしいのです。この「なぜか不思議とうれしいこと」は、ぼーっとすることであったり、うっとりすることであったり、なんでもないことのなかにあったりします。そこに本当は深い意味があるのかもしれません。自分のいる場所の意味とか、命の流れとか——。

子どもはぼーっとしていたり、意味のないことばかりが大好きだったり、寄り道したりで無駄ばかりが多いように見えますが、このぼーっとすることが本当は大事なんですよね。

てきぱきと何かができる——例えば、素早く判断ができ正しい答えが出せ、何をやってものみ込みが早く頼もしく優秀といわれる子、それもまたすてきだけど、ぼーっとして何もせず、ついつい、「何してるの？」と言いたくなる子、このぼーっとする子もすてきです。

私はいつも「ぼーっとしている」としかられてきました。でもぼーっとする時間にたくさんの世界が生まれ、輝きが増すような気がします。

絵本は、ぼーっとする力を持ってもらうために、本来ひとが持っている力を取り戻してもらうためにあるのだと思うのです。

絵本は決して教えたり、しつけたりするものでなく、絵本はエホン。目いっぱい楽しむから心が解き放たれ、自分のもっている力というか世界が発揮できるようになるんじゃあないかと……。

子供は生まれながらにあらゆる力をもっていて、大人は子供に教えるものなど何ひとつなく、むしろ教えられることばかりですもの。

赤ちゃんが手足をばたつかせ、力いっぱい泣く。おっぱいが欲しいと泣く。すべての力を泣くことだけに注いでいる姿を見ると、そのエネルギーに驚かされ、異界からやってきたばかりの子どもの大人が想像もつかないような力、能力、感性にたじろぎます。ただそれをうまく伝えることができないだけで、大人以上にたくさんのことを感じているんだなあ――といつも思い知らされ、感動させられます。

そんなことを思っていると、人はひとりひとり生まれながらにしてその人なりの世界をもっていて……、ぼーっとしている私もまあいいか……と、思ったりするのです。

蔵の中の本

森の中で生活しているといろいろな虫がいて、今年は蚊にもいっぱい刺されましたし、ハチの巣の大きいのやら、ゲジゲジからトカゲ、ヘビ、ムカデ、ヤモリ、ナナフシ等々。ああサワガニもいました。そして秋になり、それぞれ冬支度をするもの、命絶えて亡くなるものを目のあたりにして自然のままに死を受け入れるこの森の生きものたちがまばゆくみえました。

エライなあ、私などわめいてオロオロしてあの虫たちのようにゆったりと命をとじることなどできそうもないなあ、とおろかな自分を思いながら散歩していると、立派な蔵のあるみごとな日本建築の家が解体されようとしているのです。ゴワーンゴワーン、メリメリとお台所あたりはもう消えかけて、がれきの山。今ではもうこんな木材でとても建てられそうもないようなみごとな家だのにです。思わず「こんなすばらしい家を壊してしまうのですか！」と解体屋さんにかけよってしまった。桐《きり》のタンスもアンティークなテーブルもぐちゃぐちゃで、柱も梁《はり》もみごとなのに……。解体屋のお兄さんたちは休憩して「相続税のためだと思うよ。ここも三つに区切って分譲らしい。この家はしっかりしているから、なかなか壊れないよ。この分だとあと三日はかかりそうだ。最後に蔵もやっちゃうんだけど、立派だから、まいっちゃうよ。蔵の中は本がいっぱい入ってたよ。ほしかったら持ってっていいよ。どうせごみになるんだから」

「蔵も壊すの……」と、蔵をみると「助けて！」と言っているようで、涙が出そうになった。きっと持ち主には持ち主の悩みがあって、やむを得ず取り壊すことになったのだろうけど……。何とか残せないのだろうかと、おそるおそる蔵の中をのぞいて驚いた。書斎になっていたらしく、古い本がびっしり。ロシア文学や戯曲集、ロシア語らしい原書の本の山。哲学書に、あっ、宮沢賢治もある。ほとんどが昭和の初期のころの本。

当時この蔵でこのような本を読んで凛《りん》とした考えを持った人がここに住んでいた。その出合いに、ほこりをかぶって解体されようとする蔵の中で私はボーっとたたずんでしまった。死ぬってことはこうゆうことなんだ……。蔵の住人と関係のない私が今消えようとしている蔵の本を通して語り合っている気がした。蔵の住人が海で拾ったであろうサクラガイが瓶からこぼれていて、私は拾ってポケットに入れた。「この本譲ってください。あす来ます」

解体屋のお兄さんは、なぜかほっとした顔で「いいよ」。私はドキドキ。

蔵でクラクラ

取り壊されそうな土蔵に出合ってしまった私は蔵が助かる方法はないかとナショナルトラスト運動をしている彫刻家の友人に相談した。「解体屋さんが入っているならもう手おくれ。でも古い蔵のある町並みの景観を失うのは残念なこと。何かなすべき手はないかと市の景観課や、文化財保護課、また風致地区保存委員会に行って話しなさい。そういう市民の声があるということが大きい力になる」と言う。

今どんどん古いものが壊されているし、そのやり方が荒っぽい。私はドキドキしながら景観課に出かけたが、どうしようもないことを知らされた。

そうだ、どこかに移築ということもできるかもしれないと、建築家や材木屋さんにも相談したが蔵の移築は費用がかかり大変。急なことでは何もできない。もったいないが、あきらめなさいと言われた。

蔵のことで走り回り、助けたいと思うが時間がない。解体屋のお兄さんに約束してあったので翌日、友人といっしょに本を助けに出かけた。

近くにお住まいの蔵の持ち主にごあいさつに伺ったら、蔵を書斎に使っていた人物は一九一〇年代生まれのロシア文学の翻訳家で、大変な女性であったことを知らされた。「すべてごみにしてほしいとの故人のことづてで、このようなことになったが、気に入った物があったら、何でもお持ちください」と言われた。

自分のすべてをごみとして葬る。本当に深い哲学を持って生きられたみごとな女性だったんだと胸が熱くなった。私も、私のいとおしい品々が死後にはすべてごみになるんだと思うと、自分が今蔵の中から助け出そうとしているのは本ではなく、ここで生き、この本を読まれた人物の時間なのではないかと思った。それがこの本の中に詰まっていると思った。生かしたい。蔵も本も。

メリメリと解体が進む中、車に積めるだけの本を積み、できれば蔵を残してほしいと持ち主にお願いいして帰った。

本はすべてロシア語通訳でエッセイストの米原万里さんが引き受けてくださり、ロシア語の研究者に渡ることになり、ほっとした。

この蔵事件はちょうどわが家に滞在中の児童文学者、加藤多一さんご夫妻も加わってヤンヤ、ヤンヤ。画家の西巻茅子さんもぶらりとやって来てくださり、お酒も入って、蔵からもち帰った本の話でまたヤンヤ。そんなすばらしい女性が住んだ蔵は残すべきだと、皆盛り上がった。そして、明日はとうとう蔵を取り壊す日になってしまった。

ところがなんと蔵が残ることになったのです！

蔵に住みたい

とうとう蔵を取り壊す日になったが、つらくて見に行けなかった。

ところがなんと蔵だけ残って工事が終わったのである。あまりにも私たちが騒いだので蔵を取り壊すのを一年間保留にしてくださったのです。開発面積が広いと分譲許可が下りないので一部を残さざるを得なかったらしく、それなら蔵を残してやろうと持ち主と不動産屋さんが気持ちをくんでくれたのです。本当にうれしい。蔵に抱きついてなでてやった。助かったねって。

でも母屋が取り壊され、美しい庭木も切り倒され、更地《さらち》になった土地に、瓦《かわら》がずれ、うすよごれた蔵がポツンと取り残された姿は主をなくしたのら犬のように何とも物悲しくさみしい。

できるものなら私たちが持ち主になりたいけど逆立ちしてもなれない。一年以内に蔵つきの土地がほしい人が現れることを祈って「蔵さんがんばってね」とはげましているのです。

「蔵」いかがですか?

とまあ蔵のことで仕事が手につかなかった私は蔵から絵本の世界に帰りたくてホフマン展を見に行きました。絵本表現の全体的な構成の確かさと、ひそかな遊びがすばらしく『いばら姫』や『おおかみと七ひきのこやぎ』の絵本ができる前のラフスケッチを見られてうれしかった。

鎌倉とスペインにアトリエを持つ彫刻家の藤原吉志子さんと二人で出かけたが、彼女も蔵の件ではいっしょになって心配した仲。この夏から十二月まで彼女は美しが原高原美術館で天と地を舞台にすばらしい作品を発表して話題を呼んだ方。また道中、蔵の話になってしまったが、彼女の家こそ文化財で残したいほどのみごとな家。なんてったってオブジェのような、それは楽しい家なのです。

いろんな家の使わなくなった品々、たとえば歯医者さんのカウンターとか、教会のドアなど手に入らないような宝というべきか。味わいのあるガラクタを寄せ集め、実にみごとに芸術品に仕上げた現代彫刻のような家なのです。その中は本の山。たくさんの本と本との間には遊びがあって知的で小部屋や屋根裏があちこちにあってセンスよく品よく、だれだって歓声を上げてしまいます。彼女の家のネコの名前がゴーギャンというのもにくいし、そのネコのコレクションのリスのしっぽがあったり、アライグマもやって来る家なんです。（鎌倉ではアライグマも野生化している）。

一度奇声を発しながら幼い日のおふろ上がりの裸んぼの子供になって、走り回ってみたいような家なんです。建築家が計算して造った家でなく、次々に彼女が生み出していった家で、それはおもしろく、家って生きものだなあとつくづく思いました。彼女は「蔵にいろいろな土くっつけるとおもしろい家になるよ」。私は「蔵の茶室もいい」と、蔵は私たちの心をかきたてるのです。

祖父母の家

詩人の羽生槇子さんからクリスマスに新刊詩集『祖父母の家』（武蔵野書房）をいただいた。羽生さんは私と同じ瀬戸内育ちの同じ町内の出身で、私達の原風景は海と浜辺が大きい位置を占めている。今度の詩集は郷里のなつかしい町並みや人までも思い出させてくれ、私の育ったときのいとおしい呼び名がいっぱい出てくる。たとえば、ちしゃ、ほうしこ、すいじんこ、たきもん、おいべっさん、すくず、わんぐり。もう久しく使ったことも聞いたこともなかったなあ……。

そういう言葉の持つ温かさを大事に思い、彼女の世界を重ねてやさしく包みこむような気持ちいい詩がうれしい。この詩集に出てくる羽生さんの祖父母の家も、私の生まれ育った家も今はもうない。でもこの詩集をめくると、あの街道沿いの落ち着いた町内が現れ、浜に、お茶池の山が笑いながら現れる。なつかしい世界がよみがえる。

私の生まれた町内には当時、大きい桐の木があり、私はその木の下でままごとをしているとき、父の死を知らされた。五歳のとき。そして生家は人手に渡り、私たちは遠縁にあたる町内の四つ角の家に越した。

ご近所は子供がたくさんいる家ばかりで、私たちは毎日群れて遊んだ。でも私の家のすじ向かいは子供のいない家で、おばさんは元小学校の先生。格子戸の玄関を入ると、静謐《せいひつ》な空気が漂っており、大人の世界しかなかったが、それが子供にとって魅力だったので、よく遊びに行った。子供の友達が子供でなくて大人であるのもいいと私はいつも思う。私もいつも子供と友達になりたいと思う。

ところが、その家は児童文学者古田足日先生の親類の家と知って驚いた。先生はよくこの家に遊びに来て織田が浜の海で泳いだという。古田先生とはもう十年近くいっしょに瀬戸内の海を舞台にした作品を作ろうとあたためている。私も大事に仕上げていきたいと羽生さんの詩集をめくりながら思った。うれしい詩集。

クリスマスにはもう一つとびきりのプレゼントをもらった。横山隆一先生から、ぜひ遊びにいらっしゃいとお電話をいただいたのです。

もう逆立ち三回ぐらいしたい気分で、スキップして、ドキドキしながら出かけましたよ。(フクちゃんのこと書かせてもらったおかげです)。

たのしいお屋敷で、ご自宅に居酒屋が造ってあり、そこでちょっと一杯って感じで迎えてくださいました。

九十一歳の横山先生は若々しくって生き生きした大きな絵をどんどん描いてらっしゃってすごい! お酒飲み飲みたのしいお話をいっぱいうかがった。

横山先生いえフクちゃんにお会いでき、幸せな一年のしめくくりの喜びでした。

お雑煮と年賀状

明けましておめでとうございます。日曜版のエッセイを担当させてもらって愛媛から新聞が届けられるので郷里がぐーんと近くなった感じで何だかうれしい。

地方新聞のきめ細やかさもここちよく、なつかしい地名や光景をみつけただけでほっとする。愛媛のお正月はどんなお正月であろうか、もう父母も亡くなり、お正月に帰ることもなくなって久しい。

私の実家のお雑煮はカブ、ニンジン、ダイコン、カマボコに煮たお餅《もち》が入って、だしは煮干しと昆布のあっさりしたものだった。瀬戸内でおいしい煮干しがあったからか、母はかつおぶしを使わなかった。何でも煮干し。

ところが結婚して母と同じお雑煮を作ったら、家の者がびっくりしてこんなのは雑煮でないと言う。義母に問い合わせると、焼きアナゴとメモを送ってきた。メモには「おだしは昆布と焼きアナゴ、中身はサトイモ、ニンジン、シイタケ、ゴボウにカマボコ、鶏肉、エビ、焼きエソなどの白身の魚、ホウレンソウにユズを載せる」とある。一年分のおごちそうを一度に仕立てた感じでおどろいたが、以来、元日にはこのお雑煮をいただいている。

その後、長崎へ転勤してトビウオを干したアゴダシと白菜の長崎風を大家さんから教わり、熊本では有明の海の幸入り雑煮を、福岡では塩ブリ入りの博多風をと、先々で教わった。横浜に転勤してからは、今年は長崎？　それとも四国？　などと年末に聞くのである。鎌倉のお雑煮はどんなのであろうか。もう今では地方色もだんだんなくなって、テレビや本で学んだ皆同じようなのをいただいているのかもしれない。

鎌倉で初めてのお正月を迎えた。太宰府天満宮のそばで育ったうちの娘など久しぶりにそのにぎわいを楽しんでいる。

お正月の朝、一枚一枚年賀状をみるのは本当に楽しい。だのに年賀状を出すのが年々大変に思うようになってきた。年のせいかなあ……。子供が小さいころから子供たちと版画で年賀状を作るのが、わが家の年中行事であり、年末には刷り上がった年賀状を家中に広げ、その間を楽しげに歩いた。うちのネコも決して年賀状の上は歩かない。毎年のことだから上を踏むとしかられるのを、ちゃんとおぼえている。そのネコも十七歳で昨年亡くなった。もしかしたら、「ねえネコ年の年賀状はないの」といつものぞいていたのかもしれないなあ。

今年、私は「狐《きつね》」の絵本を出す。私の年賀状もキツネになってコン。

『海をかえして！』と『ひたひたどんどん』

諫早湾《いさはや》を舞台にした私の絵本『海をかえして！』（童心社）があります。「自然といのちについて深く考えさせられる絵本」と、発行以来、反響を呼びました。

諫早や有明の海は私の子育てにつながる思い出の海です。生きものが豊かに生き、たくさんの野鳥が群れ飛んでいた美しさを知っている私にとって、閉め切られた干潟の様子はショックでした。

臨終の海を眺めながら、この海は私にとって何なんだろうと思いました。潮の満ち引きというのは本当にすごいことだと、そのとき初めて思い知り、人はそこにいのちを感じて生きているのではないかと……。

　その海のリズムを生きものたちはきちんと体の中に持っていて生きているのに、私たちはコンクリートの上に生きているうちに、そのリズムを忘れてしまったんじゃないかなあ……。そしてつくづく干潟を埋める人も、干潟を守りたい人も、そして私も、同じ時代に生き、自然に対しては同じ罪を背負っているんじゃあないかと……。人間としての悔恨や、無力感、そして祈りのようなものを自分自身に問いかけたい。そのことを文字が読めなくてもわかる、子どもも大人もだれでもわかる絵本にしたいと思って作ったのです。

　環境破壊によって人は内面の世界をも破壊しているように言われますが、今はそれをとりもどそうと、だれもが苦しんでいるときなのかもしれません。

　ところがどっこい、人間はたくましい。「何をくよくよ、奥の手があらあ！」とニヤリと笑うナンセンスの天才がいる。イヨオ！　リンちゃん！

　海がほしけりゃあソーレーというすごい絵本が現れた。『ひたひたどんどん』（内田麟太郎・文、伊藤秀男・絵、解放出版社）。

　こりゃあなんじゃあ！　やや、海が空を飛んでいる！　いやあ、笑いが止まらない。こんな絵本は元気が出る。ダイナミックでどこか人間の魂をふるわせるような官能的な喜びと笑いのある伊藤秀男さんのみごとな絵が生み出した力がすごいのよ。いいなあ、いいなあ。

ナンセンスは絵本の究極だなあ。すっぽりと人を癒《いや》してくれるものがある。

ナンセンスはことばに命をあたえたとき生まれるもので、思いつきで生まれるものではない。現実の世界を知り尽くしているからこそ本物の知的なナンセンスが生まれるのだと思う。

その内田麟太郎さんと私は、来週、バイオリンの佐藤陽子さんが館長を務める福岡県大野城市のまどかぴあ図書館（初代館長は池田満寿夫氏で毎年全国からショート・ショートを募集している）で絵本トークをする。ドキドキ。だから『海をかえして！』と『ひたひたどんどん』はセットで読んだら目玉がピカピカ輝くよ。おためしあれ。

ユラユラうれしい

今日は寒いですね。ほんとに寒い。ところが今日はうれしいんですよ。フフフ、ストーブを買ったんです。今つけますすね。まってて……。ほうら、ついた、ついた。暖かくなってきたでしょう。何かうれしいな。「えっ！　何だって！　ストーブもなかったの？」と驚いてるんでしょう。いや、エアコンはあるのですが、アトリエの天井は高く、部屋は仕切りがなく、そのうえ、昔ながらの木の窓ワクだもんで、すき間風が入ってくるのです。それですこしも暖かくならない。いや、それはそれで自然のままの温度を感じられて体にも、ぼーっとした私の頭にもいいかなあ……と。子供のころは小さな火鉢やおこた一つで皆すごした冬だったなあ。この寒さはそのなつかしい時代をも連れてきてくれるようで、その寒さのまなざしをいつも避けてというか逃げて冬と半分しか付き合ってなかったなあ。よーし、この冬はしっかり冬と付き合おう。北風なんかビューービューーと吹いたら、ちょっと窓あけて「ねえ！　コーヒーでも飲んでかない？」と風さんに言ってやったりして、風も「ワオ！」とうなり声あげて入ってくるのもいいなあ……などと冬との付き合い方をあれこれ楽しもうと思っていたのだけれど、この山のアトリエは冷え込みがひどく、夜になるとガタガタ。とうとうストーブを買った。負けちゃったね、と家の者が笑う。

ストーブのユラユラ揺れる火がうれしい。電灯を消すとユラユラ揺れる自然の光の中に自分の居場所があることの幸せ、夜の闇《やみ》の中で人の居場所など本当はそのささやかな光の中での範囲ではなかったのではなかろうか。今はその夜も人は自分たちの世界にすっぽり手に入れてしまって人の居場所の範囲は広がり夜でも昼間と同じ世界を持つことができてしまったけど、いいのかなあ……と、夜もふけても暖かいストーブのそばで幸せな火をぼーっと見つめているとゴソゴソ外に何かいる。あっ！　アライグマ！　ほらアライグマが窓から私を見ている！

鎌倉にはアライグマがたくさんいるが、うちに来たのは初めてでびっくり。「なんだ、なんだ、ストーブ買ったのかい。この森に住む者はそんなもの持たないのがルールだぜ。ヨワムシ」とでも言いに来たのかな。いやいや、「オレサマもあたらせろ」とやってきたのかな。あれれ、しましましっぽをユラユラさせて行っちゃった。しっぽユラユラ、火もユラユラ、ユラユラ揺れるものはいいなあ。人の心もユラユラ揺れる方が自然でいいなあ。

ラオスの紙芝居

冬の日だまりで紙芝居やろうよ。ハーイ舞台を出して、拍子木打って、チョン、チョン、はじまりはじまり。演ずる紙芝居は『ネコのたいそう』（童心社）。うれしいなあとワクワクするでしょう。

そう、絵本とは全くちがったメディアで、動かない絵が飛び出し、動き出す。駄菓子のような親しみやすさもあり、みんなで共感する喜びがあり、紙芝居独自の世界の興奮と熱気を生み、たのしさがはじけるんです。だからおもしろいし又こわい面もある。

今日の紙芝居は演じ手のやりとりで、見る者も物語づくりに参加します。紙芝居ならではのたのしみ方を生み出し、そりゃあ、おもしろいのです。沖縄には紙芝居劇場も生まれました。

日本で生まれた庶民文化の紙芝居が今とても見直されています。そしてベトナムやラオスでは「カミシバイ」が元気いっぱい育ち盛りなのです。絵本などほとんど持っていない子供たちにとって、大勢でいっしょに楽しむことができる紙芝居は向うの現状にかなっており、口承文化の伝統にぴったり。だから誰も演じ方がみごとで広まっていったのでしょう。紙芝居は今世界に羽ばたいているのです。

絵本と異なった魅力に引かれて、私は紙芝居の創作にもかかわっているので、一昨年、紙芝居セミナーの講師としてラオスを訪問しました。

ラオスはのどかなゆったりとした時間が流れ、私たちがすでに失ってしまった大事なものが息づいており、人々も、自然も生き生きと輝いてまばゆくうっとりしました。ラオスの方々の作品はのびのびとして目をみはる思いでした。どこか野性的でたどたどしくありながら、優しくしなやかで、包み込んでくれる豊かさがあるのです。創作とは、やはり感じる心から生まれるものだなあとあらためて思わされました。

ところが、彼らはその個性のすばらしさに気づいていなくて、メディア化された作品にあこがれ、それをまねて描こうとするのです。そうでなく、彼らのわきあがるような作品は本当にすばらしく、私たちも学びたいということで、深い交流が生まれました。歌いながら絵を描いた彼らの作品から伝わってくるゆったりした時間を日本の子供たちにも感じてもらいたいと願い、『ラオスの紙芝居』（汐文社）も日本ではじめて出版されました。

日本には絵本や紙芝居が山のようにあっても、日本の子供たちの目はラオスの子供たちのように輝いていません。そのことを常に大事に考えながら共にうれしいことを生み出してゆけたらと……。大阪箕面市では毎年夏に紙芝居大会が開かれ、紙芝居サミットが今年は関東の坂戸市で開かれる。また紙芝居文化推進協議会も生まれ、今紙芝居がみなおされている。大人も子供もどんどん演じてもらいたいカミシバイ。では、ポップ　カンマイ（ラオス語で「また会いましょう」）。ラ　コーン（さようなら）。

風邪ひき日記

九州へ行ってインフルエンザにかかった。苦しい。モウロウとしているよー。

私の初めての絵本は九州の出版社から出た『とうさんかあさん』（葦書房）で、担当の編集者は同じ福岡で石風社という出版社を興こし、いい本を出している。そのたしかな仕事は出版界でも一目おかれている。

阿部謹也著『ヨーロッパを読む』、中村哲著『ダラエ・ヌールへの道』、羽床正範著『尼僧のいる風景』、みずかみかずよ全詩集『いのち』など（すべて石風社）、どれも話題をよんだ、心揺さぶられた本。なかなかの出版社で尊敬している。その編集者とは初めての本を出してくれた縁で親しく、九州に行くと実家に帰った気分でよく訪ねる。それはきっと初心の自分がそこにあり、それを忘れたくないと思うからなのだろう。今度も春に刊行される大牟田の祭の絵本『わらうだいじゃやま』（内田麟太郎・文、伊藤秀男・絵）のうなるような原画を見せてくれた。はげまされる。

ところがこの石風社、木曜日の夜になると石風亭というちょっといかがわしく知的で刺激的な料亭になるのがおもしろい。

やって来るお客が書店さん、イラストレーター、新聞記者というのはうなずけるのだが、「オー」などとかいって次々に若者がやって来てその職業もさまざま、大工さんや、じゅうたん屋さんに探偵さんと、若い感性がうずまく。いいなあ。

また石風亭の亭主の料理がおいしい。といって立派な厨房《ちゅうぼう》があるわけでなし、近くのスーパーで買ってきた材料をオフィスの洗面所の隣にある湯沸かしガスコンロ一つでみごとにうまい驚きのある料理を手早く作る。プロ級の腕とはっとする無国籍料理は人の心を引きつけ、亭主の出版美学とも重なるところがあり魅力的で人が集まるのがうなずける。

阿部謹也先生はこの雰囲気に引かれて福岡に通われたとか。わかるなあ。

その日の石風亭はキムチ鍋《なべ》、皆で鍋をつつきあっていると「いやあ昨日まで熱が高くインフルエンザで苦しかったと」とか、「俺もよ。このキムチ鍋で風邪をおっぱらうぞ」と周りは風邪ひきだらけ。そのうえ怖がる私に「まあまあ風邪ひきもよかばい」と熱の高さを自慢しあって、私も風邪ひき仲間に引きずりこもうとする。イヤダアー！

やっぱり九州から帰ったとたんダウン、苦しいよー。

そんなところへ愛媛出身の友人から、来島海峡の魚をとりよせて食べる会をするからおいでとの便り。ヤズ、ハギ、マダイ、ヒラメ、アオリイカほか現地より直送、すべて天然もの――とおいしそうな魚の名前が並べてある。

行けるかなあ……。熱でうるんだ私の目に瀬戸内の魚が泳ぐ。

待つ

風邪もだんだんよくなって治るのを待つというのもいいなあと今回つくづく思った。なーんにもしないでぼーっと体が癒《いや》されるのを待つときの気持ちは何か体の中のヨゴレだけでなく心のヨゴレも消してもらって洗濯してお日さまに干されている感じでココチヨイ。

だから病み上がりは体だけでなく心の雑菌もきれいに除いて自分でもこんなに素直な気持

ちになることもあるんだと驚くほどピュアな感じがうれしい。そう、あの病み上がりの白って感じで何かに汚されそうな危なげな、いたいけな感じ。でも元気になってしまうと、すぐいやらしい人間になってしまうんですもの。だからつかのまのその体と心のいとおしさを楽しんでいる。風邪の力かなあ。病むとひたすらよくなることをただ待っている。待つことには祈りがあり、そのことが待つということをよけいに大事なものにしているような気がするなあ。近ごろ、「待つ」ってことを久しくしていなかったような気がするなあ……。

いや大人になると待ってることがだんだん少なくなってなんでも向こうから「オイ！」ってやってくるみたい。誕生日など「キタゼ！」といってツカツカと上がりこんで「オマエサン、オレサマを忘れようたってそうは問屋がおろさないぜ」などと言って齢を必ず置いてゆくなあ。

子供のころは待つことは楽しくって楽しくって毎日待つことがいっぱいあった。おやつを待つ、おはなしを待つときのワクワク。お留守番のとき、お母さんの帰りを待つときの焦がれる思い。予防注射の順番を待つドキドキ。小さな待つこととの積み重ねであれこれと思いめぐらし、子供は大きく深く育つのかなあ。子供のときのような心で待つことが少なくなった気がして恥ずかしい。でもこの春にはとてもたのしみに待っているものがある。

それはカエルの卵。画家の渡辺洋二さんちの小さな池に毎年カエルが卵を産みに来て、池はヌルヌルの卵でいっぱいになってしまうそうで、バケツに何ばいもカエルの卵を学校やら川に放してあげてるとか。欲しがる私にもバケツ一ぱいあげると言ってくれたので、この夏は家の周りはカエルのケロケロ、クワックワッでいっぱいになるぞとワクワクする。

洋二さんにはわが家の軒下で取れた（?）八角形の部屋が二百個ぐらいあるみごとなアシナガバチの巣（もうハチが飛び立った後の空き家の巣）を送ってあげたのが縁で、「世界中さがせど女性からハチの巣をプレゼントされた男はいないよな」と、えらく喜んでくれた。世界中さがせども、カエルの卵をバケツいっぱいもらう女性もいないだろうなあ。セミのぬけがらと牛乳ビンのフタを取りかえっこした遠い日を思い出す。

大きいテーブル

なんにもないアトリエに、きのう大きなテーブルが来ました。十人は囲めます。このテーブル、きのうまで戴國煇先生宅のテーブルだったんです。たくさんの学者や知識人が薬膳《やくぜん》料理と中華料理の研究家である奥さまの林彩美先生のおいしいお料理を囲んだテーブルなんですって、ドキドキします。そして戴先生も書斎から出て、たまにこのテーブルで名著『台湾』（岩波書店）や『台湾という名のヤヌス』（三省堂）の原稿も書かれたとか。

実はその本の装丁をさせていただいたご縁で私も奥さまのほれぼれする中華料理をごちそうになりました。そのおいしいことといったら。幸せな気分が広がる味なんです。林先生の食に対する深い哲学に感動し、ご自宅で開かれている料理教室に私もたまに通ったというわけです。でもご夫妻がふるさと台湾にお帰りになられ、料理教室もとうとうおしまいになり、記念にこのテーブルをプレゼントしてくださったのです。

だからこのテーブルに着くと、おいしいお料理が出てきそうな気がするのですよ。ねっ！

パクパクと食べるマネなどしてみたくなりますねえ。子供たちとこのテーブルで絵本を読んだり、紙芝居をしたり、絵も描いたりするテーブルにしたいなあ。もしかしたらこの森にすんでいるタヌキやアライグマにリスもやってきてこのテーブルを囲むかもしれないなあ。テーブルは、囲む人がすっかり代わってドギマギするかも。それともうれしくってテーブルブルルと笑ったりするかもしれないなあ。

ところがさっそく、なんだなんだ、森の中の大きなテーブルだって、じゃあ、四月二日の「子どもの本の日」の打ち合わせを長野んちでやろうやろうということになりました。

四月二日はアンデルセンの誕生日で、世界中でこの日を「子どもの本の日」にしようと広まっていったのです。日本でもこの日を「子どもの本の日」として十年前から祝うようになりました。

ＪＢＢＹ（日本国際児童図書評議会）でも「子どもの本の日」を記念して毎年行事があり、今年は東京・青山の青学会館でいわむらかずおさん、小林豊さん、角野栄子さん、中川ひろたかさんと、今一番子どもの本の作り手で輝いているメンバーのおはなしとうたの会を開催するんですよ。ぜひ来てください！

そのすてきなメンバーが今日はやってきてこのテーブルで打ち合わせをするんです。四月二日はきっとおいしい会になること間違いありません。「子どもの本の日」、たのしみです。今年の標語は「小さいときから本がすき、これからもずっと大すき」。

ポカリポカリ

今仕上がったばかりのこの絵見てくださいます？　そうネコと伊予絣《いよがすり》に伊予柑《いよかん》を描いたのですけどね。この三人（？）がおしゃべりしているトコロ。伊予柑が「もうすぐ春だなあ！　イイヨカンがするわ」とかわいい声で言うと、伊予絣が「あら！　カスリキズができてるわ。ネコさんツメを立てないでよ！」と言ってもネコはしらんぷりして「ネコナデ声を出すなよ」と伊予柑の頭をポカリとたたいている絵なんですよ。これナイショのナイショ。実はこれ、これから出る『愛媛の童話』（リブリオ出版）の表紙なんです。日本児童文学者協会創立五十周年を記念して都道府県別にそれぞれゆかりのある作家たちのアンソロジー全五十巻を出すことになったのです。その愛媛編の絵を描けと言われて私が担当することになったのです。

作品は地域性を生かした題材、ゆかりの人物、地名、特産品などを取り入れたもので、愛媛にゆかりのある児童文学者や詩人によって書かれてあり、ユニークな愛媛の本になると思います。

なんたって作家がそろっています。日本児童文学者協会会長の古田足日さんがいらっしゃいますし、品のいいナンセンスのはたたかしさんは、するどい視線をユーモアで分かりやすく伝えてくれる。生きものネットワークでトンボの国づくりや、お手玉のたのしさを伝える大西伝一郎さん、詩人の図子英雄さん、故久保喬さんや、ほかにも地元の方々の作品が光っています。

おたたさんや、別子山の子ども、おたぬきさんに石鎚山《いしづちやま》、ミカン山に海や浜などなつかしいところも出てくるし、ロシア人墓地や長浜大橋など私の知らない土地の話もあるし、こんなことがあったのかとおしえられます。

愛媛ゆかりの作家には松野正子さんやマオアキラさんなどほかにもベテランの方々がいらっしゃいます。今回は入っていないのが残念だけれど、このように地域に根ざした本づくりも生き生きしていて元気が出るだろうなあと思います。皆はりきっておられます。春になって伊予柑をポカリとたたいているネコの絵の表紙の本をみつけたら開いてみてください。でもなんだ、こんな絵をつけてと私が頭をポカリとたたかれるかもしれないなあ。ポカポカ春はポカリポカリと来るようで、ポカリポカリと皆でたたいてもらえたら、うれしい本になるなあ。ポカリポカリポカリといいなあ。

狐

私キツネになりました。コン！　いえまちがい、私の絵本『狐《きつね》』（偕成社）が今日、本になりました。今週本屋さんに並びます。コンコンコンチキチキ、コンチキチというわけです。これは新美南吉の作品『狐』を絵本に仕上げたのです。南吉の作品の中で私の一番好きなのが『狐』。南吉といえば、『ごんぎつね』とか『手ぶくろ買いに』。この『狐』はあまり知られていませんが、子どもの心象風景がみごとに表されていて何度読んでも抱きしめたくなるすばらしい作品なのです。だからたくさんの人に知ってもらいたくて。三年がかりの絵本です。

半田の町を歩いてお祭りの裏方のなにげない世間話や、山車にゆれるちょうちんの炎のゆらぎの中、小さな路地で古びたうば車をおすおばあさんや、お祭りの帰りにはしゃいで帰る文六ちゃんと同じ年頃の子ども達に夜道で本当に出合ったりすることで、時を越えて、私はかつてこの町に住んでいたことがあったのではないかと思うような錯覚さえ感じ、南吉とあってゆけた気がします。もう半田は私のふるさとになってしまい、絵本が生まれました。

実をいうと私は南吉よりも賢治の方が好きで、南吉の土くさい情の深さがあまりにも覆いかぶさってきてかえっていやでした。賢治の方がしゃれてて、モダン。いつ読んでも新しくて、読み返すのも賢治ばかりで南吉は読み直すこともなかったのです。ところが、南吉の文庫本の絵を担当することになったのです。しかも私が心引かれたのは今まであまり知られていない作品の方なのです。もしかしたら、これからは南吉のそれらの方が評価されるのではと思います。

『ごんぎつね』や『手ぶくろ買いに』は南吉の十八歳から二十歳にかけての作品です。構成もストーリーもすばらしくこれから作家になろうとする意欲的な若い南吉が「どうだ！」といわんばかりの作意がビンビン伝わってきて巧みなだけに、私はそれを感じてしまうのです。

この『狐』は南吉の亡くなる二カ月前の最後の作品です。病弱で二十九歳で亡くなった彼は愛知県半田市に今も残っている生家のゲタ屋さんの小さな部屋で、喀血《かっけつ》して弱り、フトンに腹ばって死期が近づいていることを感じながら、何の作意もなく、あふれ出るような思いで書いたのがこの『狐』と思います。心が洗われるような幼い子の心の内面をこれほどまでに表したものはほかにありません。亡くなる一カ月前に南吉は教え子にこんな手紙を出しているのです。

「いしや（医者）はもうだめだと／いひましたがもういっぺん／よくなりたいとおもひます／ありがと／ありがと／今日はうめが咲いた由」（一九四三年二月二十六日消印）

あおむけのままエンピツで書いたその手紙と同じ日に『狐』の本ができ上がったということに私は涙があふれます。南吉にみてもらいたい……。やっぱりキツネになって「コン」です。

フクロウ

日がやわらかく光の春です。あっウグイスの声、今年はじめて聞きました。ほらね！　まだすこしとまどい気味でへたですけど、春なんですよね。コゲラにメジロもいるわ。うちの近くにフクロウもすんでいるんですよ。あれは昨年の夏のこと。夕方散歩していると、フクロウが電線に止まっているのです。びっくり。だって図鑑でしか見たことのないフクロウが頭の上にいるんですもの。目が私と合ってドキリ！「オマエサン新参者だね」とでも言っているような目つきで羽音も立てないで、すうっと隣の大きなクスの木に飛んで行ったのです。もちろん、私もおっかけました。クスの古木は大きなウロが三つもあって……。よく見るとその上の枝に何とモコモコのうぶ毛がまだくっついたフクロウのヒナが三羽も並んで止まっているのです。すこし離れた枝にさきほどの親鳥もいて四羽は身動き一つしないのです。いやあ胸がいっぱいで体が震えました。するとまん中のヒナがグリグリグリと首を回したんです。そのかわいいこと。ほかのヒナもグリグリグリ、グリグリグリと首を回して私のうれしさもグリグリグリになりました。するともう一羽の親鳥が向こうの枝から大きな羽を広げて帰って来ました。セミなんかくわえてるんです。全部で五羽。いやあ、あのフクロウもお母さんなんだと思うと、母親でもある（？）私はフクロウに親近感を覚えて「オタクのお子さまはいい子ねえ」なんてほめ言葉などかけたりしてしまったのです。手も足も蚊にさされてボコボコになってもフクロウの姿が影絵のように見えるまで見ていました。

こんなに町に近い所で子育て大変だろうと思うと本当にフクロウのお母さん、お父さんはエライ。それにひきかえ私はちゃんとお母さんらしいこととしてこなかったなあ……。でもお母さんの絵本はしっかり創った。『お母さんがお母さんになった日』（童心社）、これは赤ちゃんが生まれる日のお母さんの一日で、不安ととまどいと喜びの中ではちきれんばかりの赤ちゃんが生まれることによって、自分もお母さんとして赤ちゃんと共に生まれるという絵本なのです。この絵本はたくさんの読者が自分のことのようとか、いのちが輝く絵本とか言ってくださった、うれしい絵本なんです。このように絵本って読者が育ててくれるんだなあとつくづく思いました。あのフクロウのお母さんにも一冊あげたいなあ。もちろん出産祝いに、いや抱卵祝いかなあ？　今年は何羽ヒナが巣立つかなあ。もうこのエッセイも三月末でおしまいなので何羽かおしらせできないのが残念。グリグリ。

せとうちたいこさん

「せとうちたいこさんへ、私たちの学校に給食を食べに来てください」とＩ小学校から招待状が届いて私は跳び上がって喜んだ。たいこさんとは私の絵本『せとうちたいこさんデパートいきタイ』（童心社）の主人公の鯛《たい》のおかあさんで黄色の帽子にハイヒールはいてトコトコとデパートに出かけたりする絵本の主人公なのです。

このたいこさん、人気者でよくうれしいお便りが届くのです。だってタイが靴はいて出かけるんですもの、楽しい絵本に決まっています。（作者が言ってるからたしか！）。このたいこさん、瀬戸内生まれ。かわいがってください。もし玄界灘タイコさん若狭《わかさ》タイコさんだったりすると、おすもうさんのような感じだけど、「せとうちたいこさん」のネーミングが好奇心いっぱいの感じでリズムがあっていいでしょ。（又作者が言っているからたしか）。

「デパート内の人間模様が生き生きしてたのしい。人間も鯛も境界線がなく、登場人物が気持ちいい」と評価してくださって日本絵本賞やよい絵本にも選ばれてうれしい絵本なんです。大人も子供も難しいことなど言わないで、たまには心がときほぐされるたいこさんとあそびましょう。そりゃあたのしい発見がいっぱいある絵本なんです。（今、私はその二冊目を描いているところです）。

子供たちはいつもタイコさんの絵を描いてくれるのですが、今日の招待状にもバッチリ。私の絵よりもバツグンにうまい絵でほれぼれ。ああ子供の絵にはかないっこないなあ。こんな子供たちと給食を食べたいなあと小学校へ出かけました。

教室のドアを開くと「ワーイ！」と大歓迎。ＮＨＫテレビ「ようこそ先輩」という番組があり、母校で授業するあれと全く同じで子供たちから「どうしたらうまく絵が描けるのですか」とか次々と質問ぜめ。子供の方が先生みたいで、私は小学生になった気分で「ハイ、絵がうまく描ける方法は知りません。でもいろいろ悩んだり、思ったりすることが絵の中にちゃんと表れるので、そんなこと大事にしたいなあと思いながら描きます」などとドギマギ。

子供たちはフンフン、マアイイダロウという顔をしてくれてやっとワーイたのしい給食。もうもみくちゃになってうれしかった。カレーピラフ、ワカメとホウレンソウのサラダ、豚の骨つき煮。おいしかったなあ。おなかも喜びもいっぱいでスキップしながら帰りました。

家に帰るとファクスが入ってた。

ながのたいこさまへ、ゆうべは蛙《かえる》の「ケケケ」「ケ、ケ、ケ」。にぎやかでした。朝庭をのぞきますとつがいのおんぶ蛙、わが家の小庭は春でいっぱい。卵、産み始めました……。わたなべかえるより。うれしい一日です。

蛙の卵が届く日も近いぞ。うれしくって私も「ケ、ケケ」「ケ、ケ、ケ」。

トコトコ歩けば……

久しぶりにあの蔵のある通りを歩いてみたら……あっ！　蔵がない！　四等分されて売り出しの旗。やっぱり……。帰りに市の景観課に寄ってみると「そんなもんですよ」と冷ややか。

何ともさみしいなあ……と、トボトボ帰ってくると、ヤヤ！　あのフクロウのいる大きな楠《くすのき》のあるお屋敷にブルドーザーが入って家を壊している。楠の枝が切られている！　えっ！　私は心臓が止まりそうになったので、また役所にとんで引き返した。

「フクロウの木が！　フクロウがあぶない。フクロウの家、フクロウ、フクロウ！」と泣きつくと、「この前は蔵。今度はフクロウの家だって！」という顔をされて、「とてもフクロウの家までは」とあきれ顔。「だってフクロウがすんでる木があってみんな通るたびに幸せな気分でその木の下を通っているんですよ……」と申し上げると、何と「フクロウは山に帰ってもらうしかない」とおっしゃるのです。

冗談じゃない。フクロウはもともと山にすんでいたのに山が街になったんじゃないの！と言いたいのをぐっと我慢して場所を確認してもらい、持ち主に「できるだけ木を守ってほしい」とお願いしてみましょうと約束してくださる。

そして鳥獣保護課を紹介してくださる。係の人はその木にフクロウのすんでいることも知っておられなかったし、私に何かフクロウから被害でも受けたのですかと尋ねるのです。「被害はフクロウの方です」と申し上げると、「しかたないですよ」と一言。今は草も木も鳥もすみづらいんだなあ……。

でも私はやっぱりフクロウが心配で「野鳥の会」に問い合わせた。さすが野鳥の会、あの木にフクロウがすんでいることもちゃんとご存じで、二年前に持ち主に嘆願書を出してあるとのこと。「個人の敷地内にある木なので持ち主の考え一つでどうなるかわからないが、皆で見守ってゆきましょう」とのこと。私はほっとした。こんな大木だもの、きっと守られるわよと楠に声をかけた。これから繁殖期に入るフクロウは不安だろうなあ……。本当に大変だろうけど今年も子育てがんばってね、と何度も楠に頭を下げて帰った。

私の家に帰る路地はスミレやイヌフグリの水色の小花が咲き、ニコニコ花が笑っている。あの小さな草の中に冬を越してきた力がどこにあったんだろうと思うといじらしい。あれ、ネコだ。やっとこの冬を越すことができたらしいようなヨロヨロのノラネコ。目やにをいっぱい付けて私を見むきもしないで通り過ぎてゆく。ほんと、ほんと春なんだ。

春が来て何か動き始める気配があちこちでしている。けど、ここちいい、いい風景や、自然のままの姿は根っこから動かないでほしいなあ。

ふるさとの海峡に橋がつく……。

一片のパン

今朝はパン一切れ。ミルクティー、イヨカン一個、マーマレードがすこしのうれしい朝ごはん。なんにもないけどパンだけでうれしいほどおいしいパンなの。ちょっとかじらせてあげたいほど。かじってみる?

ねっ！　おいしいでしょう。こんなときしみじみとなんにもないことの幸せをすっぽり感じられてうれしい。そしてこの詩を思う。

清貧　　　　　　　　　　岩倉美佐子

一片のパンは
一片の詩である
一片でことたりるゆたかさ
一片をまもるはげしさ
得難きことなれど
清貧…。

この詩は詩人で児童文学者の神沢利子先生におしえてもらった詩。昭和十六年「新女苑」という雑誌に投稿されてあったのをみつけられ、ずーっと心にとめておられた詩だとか。清冽な精神が漂うこの詩をかかれた人はどんな生活をしておられたんだろう。身が引きしまるほど息をのむ。

今私はとてもつらい。私の一番大事な尊敬しているお方が病の床にあられる。神に召される日がそう遠くないことをすべて知りつくし、一日一日透き通るような真っすぐな心で、丁寧に、丁寧に心をこめて自分に向かい祈りの中で生きておられる。そのお方の一日のまばゆさに比べ、私は何とザワザワした、おろかな一日を過ごしていることよと恥ずかしい。

お見舞いのことばを心から伝えても何か足りなく、そのうえ、どこかことばに対するまやかしのような疑念があるように思えてオロオロするばかり。どんなことばもない。そのことは今自分が病人ではない（肉体的に）立場にいて、病んでいる人に対して対等な立場でないような思いでつらく、自分がどうしたらいいのか自分自身のありようを問われるきびしさを感じる。本当は病気も、死も人は怖くないのではないか。それよりも病むこと、死を迎えようとしていることがそうでない人との隔たりを大きく感じさせ、そのことの悲しみ、不安、差別が怖いと思うのかも……。自分を重ねて病む身であったらそう感じるかも……と思ったり、病む身で「一片でことたりるゆたかさ」とは何であろうか、「一片をまもるはげしさ」とは何になるのであろうかと、私は涙があふれてしまう。一人ひとりの一片がひかりを放っているようで、大事に大事に導かれる。

サラダの気分で

うちのサラダちゃん

うちにはシャムネコが一匹いる。名前はサラダちゃん。『サラダ記念日』の本よりずっと先につけた名前である。人間にしたら五十歳ぐらいのおじさんであるが、いつまでたっても子ネコ時代とちっとも変わらない。かわいい。

すっかり家族の一員で、わが家はサラダのおかげでつながっているようなものである。子どもたちは学校から帰ってくると「おかあさんは?」ではなく「サラダは?」だし、だれもがまず、「サラダちゃん、ただいま!」と帰ってくる。

友達に「長野さんちのネコ、どんなネコ?」と聞かれて、それだけでわたしはうれしくって、かわいいネコのことをニコニコして話そうとしたら、よくうちに遊びにくるもうひとりの友達が「まあ、変なネコよ。ぼーっとしててね、お昼寝してて寝返りうつと、椅子からおっこちたりするのよ。歩きながらテーブルにぶつかったり、ストーブでヒゲを焼いて、ヒゲのさきっぽがカールしてるのよ。声はだみ声で悪いし、シャムネコのくせして太っててね。あれはポテトサラダよ。ちっともかわいくなんかないのよ」とのたまうのだ。「なんだ! なんだ!」とわたしはむくれてしまう。飼い主と同じと言われているみたいな気がする。

だがそのサラダはわたしにいつもうるさい。「あっ、おかあさん、そのデッサンちょっと変じゃない? こうやって寝っころがって見るとよくわかるよ」と寝そべったままで偉そうに私に言ったり、舌なめずりしながら「あっ、そこのブルーもっと濃く、そうサンマの色ぐらいに」なんて平気でケチをつける。

試しにこの原稿を見せると、「なになにここのところ、消して消して、もっとシャムネコのしなやかさと知的なところを表現してよ。文体もだめねえ。もう少しちゃんとした文章にならないの?!」と言ってわたしをにらむのである。

イワさん？

三月ともなれば、「おゆうぎ会」やら「発表会」やらの季節で楽しいが、どんな出し物をするか先生も大変なことでしょう。毎日練習して、おとうさん、おかあさんに見ていただく。子どもも親もなんだかワクワク楽しみである。

うちの息子が幼稚園のときのこと、『大きなかぶ』の劇をやる、ぼくも出るのだと、ニコニコして帰ってきた。「そおう、よかったたね、おじいさん役？」「ちがう」「じゃあ、男の子？」「ちがう」「じゃあ、ネコ？　イヌ？　あっ、ネズミさんね」「ちがう！」「えっ、まさかおばあさんや女の子ではないよねえ……ほかに出てくる役あったかなあ……」「あのね、ぼくイワさんの役なの、むつかしい役だって！」と、もう大いばりなのである。「イワさん」？

ああ、ロシア民話なので、イワンさんとかなんとか、村人の役も作って子どもたちみんな出演するんだ。みんな出られてよかったね、と思った。息子は、「ぼくがんばる！」と張り切っている。

かわいいプログラムも届いて、当日はドキドキして始まるのを待った。

幕が上がると、なんと岩の絵を持った息子が立っていた！　イワさんとは……もう吹き出してしまった。岩なのである。でもまっかな顔をして重い岩の絵を持っている息子を見て、あれほどうれしかったことはなかった。

イワさんの役を大事な役として伝えてくれた先生の気持ちもうれしい。いいなあ。いいなあ。

その園は園児がたった二十人余りの、九州のいなかのかわいい教会の中の園で、お花が咲けば、おかあさんへおみやげにと、少しずつ持たせてくれたりするほのぼのした園だった。

イワさんもハナさんもキさんも、みんな友達なんですよね。わたしもそう思って周りの景色をさんづけにして呼んでみたら、空気まで、いいえ、空気さんまでがニコニコしている気がした。

お月さま一つずつ

先日三木卓さんの講演会があり、いいお話を聞かせてもらった。その後の会で三木さんの訳されたアーノルド・ローベルの『がまくんとかえるくん』シリーズとか『ふくろうくん』(文化出版局) の話になった。

みんな「アーノルド・ローベル大好き」というファンがいっぱいで話がはずんだ。

〝がまくん〟は教科書にも載っているのでなじみが深いのか、作品の中で一番人気があった。三木さんは「ぼくは『ふくろうくん』の方が気に入っていて、特に階段の上と下とに同時にいっしょにいたいというふくろうくんがいいなあ。なかなか味わい深いよ」とおっしゃった。

実はうちの子どもたちも『ふくろうくん』が大好きで、何度も何度も楽しんで、読んで読んで抱きしめていた。娘はお月さまがふくろうくんについてくる話がことのほか好きで、そこを読むときはお月さまのような丸い顔をニコニコさせ、それはそれはうれしそうだった。

あれは娘が三歳のころだった。その日も『ふくろうくん』を読んで「おやすみなさい」とこども部屋の電気を消すとまん丸のお月さまが窓からのぞいていた。「お話とおんなじだ!」とうっとりして親子でお月さまを眺めた。

すると娘は「おかあさん、アメリカにもおつきさまってあるの?」「そうよ」「じゃあイギリスは?」「あるよ」「インドもある?」「そうよ」「ふーん、みんなひとつずつあるの? よかった」と言って眠った。

あのことばはうれしかったなあ。お月さまは地球のどこからでも見えるのあたりまえ、なんて思ってしまっていた自分が恥ずかしい。大事なお月さま、みんなおんなじに一つずつ持っている。いいなあ、いいなあ、と思ったうれしい日。ありがとう。

ほんとにいるのかな？

二十数年前の十二月のある日、まだ幼かった息子から「お母さん、サンタクロースなんて、本当はいないのでしょう」と聞かれた。

下の娘は、「サンタクロースは、いるよねお母さん。よい子にプレゼントもってきてくれるよねえ」と彼女はまだ何の疑いももっていない。

「お母さんも、おしえてもらったのだけどね、サンタクロースは本当にいるのよ」

「ほんと？　だれにおしえてもらったの」と息子は私の顔をのぞきこみました。

結婚前のずっと昔でした。ラジオを聞いていたらこんなことを言っていました。もう私の記憶もうすれかかって忘れているところもあるのですが、何十年も前のアメリカの話なのです。ある少女が大きな新聞の投書欄にこんな手紙を出したのです。

「サンタクロースは、ほんとうにいるのでしょうか。私の友達のジェーンちゃんは、サンタクロースなんてほんとうは、いないのだと言います。どちらがほんとうでしょうか」

その新聞社の編集長は、若い記者にその返事を書くように命じました。その記者は難題を与えられて困ってしまいました。けれどもその記者の書いた記事が、今は、名文となって残っているのだそうです。

「それは、あなたのお友達がまちがっています。サンタクロースは、ほんとうにいるのです。目にはみえないけれど。この世の中で、

目にみえないもの

耳に聞こえないもの

手にさわることのできないもの

これらの中にこそほんとうに大事なものがあるのです。その日常の向こう側のベールをあけることのできるのは、信仰と愛と詩とロマンスなのです。あなたも、日常の向こう側の世界を信じられるすばらしい女性に成長して下さい。」

とたしかこうでした。息子にサンタクロースのことを聞かれ、ふっとこのことを思い出し

ました。

幼い彼には、この話はむつかしすぎてわかってもらえませんでしたが「サンタクロースはやっぱりいることにするよ。プレゼントもらえるからその方がいい」とあっさり認めてくれました。でないと近づいたクリスマスのプレゼントがあやうしと思ったのでしょう。

でもいつの日か彼もこの話を思い出してくれるでしょう。そしてあなたも日常の向こう側の世界を信じられる人に成長してね。と心の中でつぶやきました。

フライパン

私が福岡の児童文学同人誌「小さい旗」の同人になって間もないころ、主宰者の水上家で「小さい旗」の忘年会があった。ベテランの同人の方々の中で小さくなっていた私にも、「いらっしゃい」と誘って下さったのでドキドキしながら出席した。大きなお鍋におでんがおいしそうに煮えていて、水上平吉さんは、「小さい旗」の未来を熱っぽく語り、会は盛り上がった（その当時二、三人の方の本が出版されていただけで、みずかみかずよさんの本も、私の絵本もまだ出版されていないころのことである）。かずよさんの手作りのおでんは特別おいしく、みんなでほめちぎっていたとき、かずよさんは、「あっ、里芋入れるの忘れてた、おでんの里芋おいしいでしょう、待ってて今から皮むいて入れるね」と台所にたったのだ。今からなんて大変と私も手伝いましょうと台所についていった。

そのころの水上家の台所は、今どきのシステムキッチンのような全て収納されて、何もかもしまいこんである台所でなくて、いろいろのおなべや調理道具がいっぱいに棚に並んだり、ぶらさがったり、それはにぎやかな台所なのです。使い込んだおなべがピカピカに磨きあげられてあって、その中でもみごとな黒光りをして光っているのが小型のフライパン。もうそれはとってもいい具合に使い込んであって、何でもうまく焼けそうな感じで、ちょっとさわってみたくなるほどのフライパンなのである。

「わあ！ いいフライパン」と私が手に取ると、かずよさんは、「うれしい！ そんなに言ってもらって、このフライパン私も大好きなの、これで焼くと何でもうまくできるのよ」と目をキラキラさせて、そのフライパンで作るお料理をいろいろと話してくれた。かずよさんの台所道具はどれも輝いていた。使い込んで先の擦り減ったおしゃもじも、油のしみ込んだ菜ばしも、どれも本当にいい具合に使いやすそうでみとれた。

かずよさんは、「初めて家に来てくれて、私の一番好きなフライパンを褒めてくれるなんて、長野さん大好き！」と二人で里芋の皮をむいたその日がきっかけで、しっかりと友達になった。それ以来お互いに詩と絵の世界は違っても、求めるものは一つと励ましあってきた。

そのかずよさんが胃かいようの手術をしたが、実はよくない病気であるという報せをうけたのは昭和六十一年の六月であった。平吉さんからのお電話で「かずよの今までの書きためた詩、エッセイ、童話を一度に三冊まとめて石風社より本にすることにした。その中の一冊に絵を描いて欲しい、それも急いで夏までに描いて欲しい、実はかずよはよくないのよ。あとどれくらいもつかわからん命だもんで、元気づけてやりたい」と。

私は声が出なかった。あのかずよさんが！ と思うと涙がでて止まらなかった。私は元気になってと祈る思いで描いた。だのに徐々に弱っている様子をうわさに聞くにつけ胸が痛んだ。そして六十二年の五月、「児文協の総会に出席したいから一週間上京する、泊めてね」と、かずよさんから電話がかかったときは、うれしいのよりも、無茶なと驚き、大丈夫かしらと心配し、まさか一人で上京するとは思わなかったが、彼女は一人でやって来た。

ときどきくる痛みを薬でおさえおさえ、かずよさんは精力的にあちこち出掛け、たくさんの人に会って、朗らかに、明るく、無邪気に喜び、笑って元気一杯だった。

そんなかずよさんをみていると、全てを自覚し進行していく病気を必死で耐えている彼女の姿に、胸がはりさける思いがした。それからの私は、かずよさんの詩を多くの人に伝えたい、知ってもらいたいと走りまわることになった。かずよさんに時間がない、時間がないと、私は走って走って、詩集を出してくれるところをさがした。祈って祈って、描いた。描いているとき、かずよさんは私の心の中で元気にとびはねた。そして詩集『生まれたよ』と『きんのストロー』がやっと渡せたと思ったら、かずよさんは「うれしい」とまってくれたように逝ってしまった。かずよさんの死を思うと何とも粛然とした思いに打たれる。かずよさんの死はまさに詩であった。

レオレオの帽子をかぶって

飯田栄彦さんが『燃えながら飛んだよ！』と『飛べよ、トミー！』で新人賞や野間児童文芸推奨作品賞を受け、大型新人としてデビューし、東京の生活を切りあげて、郷里の福岡の甘木に帰って間もない頃。私も福岡に転勤して行き、初めての絵本が出版され、文庫活動もし、子どもの本の世界がまばゆく輝いていた頃に知り合いました。

ある日西日本新聞のK記者のところへたのまれた原稿をもって行ったところ先客がいました。紺のスーツを着て白い毛糸のボンボンの付いたグレーの変な帽子をかぶった大柄の方が私を見るなり、「オッス！　ワハハハハ。何ばする人ね？」と聞かれてどぎもをぬかれたのが飯田さん。気迫に満ちた目はキラキラと輝き、エネルギーのかたまりのような言葉がポンポンととび出して、すごい方が福岡にいるとドキドキしました。

同じ方向なのでいっしょに帰りましょうと外に出ると雪です。

「これをかぶるとよかばい」と言ってあの帽子を私の頭に乗せてくれたのです。その日私は赤いコートにハイヒールとおしゃれをしていたので、くたびれた帽子などかぶるより雪の中をさっそうと歩きたかったのですが、遠慮していると思ってか、頭の上から大きな手でおさえつけて「よか、よか」。それであきらめてかぶりました。人がジロジロみてゆきます。でもこの帽子の色、型、何かみおぼえのある……そう『燃えながら飛んだよ！』のレオレオの帽子そっくりです。

「この帽子レオレオのかぶってた帽子?」

「そうたい。この帽子かぶって北海道を旅したとよ。この帽子であの作品書いたとよ。読んでくれたとね」ともうそれはうれしそう。

とたんに私はレオレオの気分になって歩きました。そう、『昔、そこに森があった』ができるまでかぶっていたよ をいつもかぶっていました。（その後も飯田さんは長い間この帽子をいつもかぶっていたようでした）。そんなことですっかり親しくなり、いったり、きたり。

当時飯田さんは農業高校の先生をやっておられ、教え子や地域のお母さん方と絵本を読み、読書会をし、講演会を企画し、熱っぽく文学論から恋愛論、子育ての話から老人問題に借金の話までワイワイ、ガヤガヤ語り、燃えていました。九州の大自然の樹々にかこまれていながらも、現実の哀しみも、憎しみあうおろかさも、煩悩も、否応なく引きずりながらそれでも人間はやさしくなろうとしているんだといつも信じ、信頼とはげましの深い思いが『昔、そこに森があった』の作品となっていったのではと思っています。私ははげまされてきました。

子煩悩で「うちの子は天使のごとある」といってお子さんの写真を持ちあるき、すぐ悪たれをついて、大胆に笑って豪胆にみえるのですが実は本当に細心で、やさしく、いつも魂をふるわせて生きておられるコワイ方です。

そうそうある年のお正月です。母がいっしょにお正月を迎えたいと四国から泊りがけで来ていました。おせち料理もでき、観世音寺の除夜の鐘の音を聞いて、うっとりした気分で床についたのですが、夜中の三時半頃でしたかしら「オーイ！　長野さーん！」と外で誰かが呼んでいるので目がさめました。何ごとかととび起きると、飯田さんが、友だちをひきつれて、「初もうでの帰りたい。おめでとう！」と騒いでいるのです。

「こんな時間に起こして！」と私。ところがうちの長野は「いやあお正月一番はじめのお客様。縁起がいい。上って、上って！　おせちもあるし」という訳でそれから新年会となりました。

ところがお正月の朝、子供達が起きてきて、「おせち料理をどろぼうが入って食べてしまっている！」と大さわぎ。

そして母は、「おまえもいい奥さんになったものだ。ご亭主の友達が夜中にやって来てもいやな顔一つしないで、しっかりもてなして」とほめてくれたのです。長野は「いやあお義母さんお客はヒデ子の友達です」といってニヤニヤ笑い。母の目玉がとび出ました。

古田先生小児科にかかる

古田足日先生が山口女子大学をお辞めになられて東京へお帰りになられる直前のことです。東京へお帰りになられる前にぜひにとあちこちで連日講演会がありました。その一番おしまいの会が福岡であったときのことです。

当時私は福岡太宰府に住んでおりました。古田先生とは郷里が同じ愛媛でしかも、私の生まれ育った織田ヶ浜（今治市）の近くにご親戚もあり、「よく遊びに行った、思い出もいっぱいある」とおっしゃられて親しみを感じて下さいました。（その織田ヶ浜からながめた瀬戸内の島をモデルにした作品が『海賊島探検株式会社』なのです。）

そんなこともありましてその講演会の後の少人数での夕食会にごいっしょさせていただき

ました。その席にうちの子どもたちのかかりつけの小児科医のS先生をお誘いしたのです。

S先生の勤められる小児科の待合室には、それはみごとに選びぬかれた絵本がおかれてあるのです。もちろん『おしいれのぼうけん』もありました。よくある病院の絵本と大ちがいです。S先生がご自宅からいつも持ってこられる絵本であることを看護婦さんから聞き、こんなに子どもの本にもしっかりした目を向けて下さる小児科医に感動し、信頼のおける名医に出会えたことを喜び、いつもうちの子どもたちがお世話になっておりました。

たまたま古田先生の講演会の前日、子どもがちょっと風邪だったか何かで診察を受けましたとき、「ここの待合室にはいい絵本ばかりおいてあり本当にすばらしい」と申し上げるとS先生は、

「そうですか、絵本は私も大好きなんですよ、うちの子どもが『おしいれのぼうけん』が大好きでよく読んでやりましたよ。」

とおっしゃるではありませんか。それでつい、

「えっ！　明日その作者の講演会がこの病院のすぐ近くの会場であるのです。いらっしゃいませんか？」

と申し上げるとS先生は目を輝かせて、

「そのような会には何しろいそがしいので行ったことはないけど、でも『おしいれのぼうけん』の作者には会ってみたい。お話を聴いてみたい。」

と多忙なスケジュールを調整して夕食会ならと出席なさったのです。

古田先生もことのほかお喜びになられました。S先生が持参された子どもたちの合作の絵本などを見られたり、子どもの本の創作の難しさなどを話されたりしました。それを聞かれたS先生はさすがすばらしい小児科医、

「子どものための本は、子どもも大人も感動させるものでなければだめだということを今日はじめて知りました。今までは子どもの気持ちで書かれていればいいと思っていましたがそんなものでなく、もっと深い、きびしいものだということを古田先生から教えていただいて私は感動しました。」

とおっしゃられたことが印象的でした。

そうそう『おしいれのぼうけん』の作品の健康度はという話も出たりしてたのしい、おだやかな夕食会でした。もちろん健康度一〇〇パーセント。

食事も終わってその後みんなでコーヒーを飲んでいましたら急に古田先生がお腹が痛むとおっしゃるのです。気分も悪そうで一同びっくりしました。

S先生がすぐに脈をとられ、お店のスプーンと懐中電灯を借りて「お口を開いて下さい」、古田先生は「アーン」「はいお腹をちょっと出して下さい」、古田先生はコクンとうなずいてみんなの見守る中診察を受けられました。

おしまいに背中をポンポンされて、

「だいじょうぶと思います。さきほど拝見していると、ほとんど何もめし上がらずお酒だけを飲まれ、その後時間がきたので急いでほとんど噛まないでお食事をかきこまれておられた。あれではお腹が痛くなるだろうと思いましたらやはり。それにお疲れになられているごようすです。早く休まれて下さい。心配なら東京へお帰りになられてから一度精密検査をおうけ下さい。」

とにっこりされましたので一同ほっと致しました。

お医者さまのことばはお薬よりよくきくらしく、しばらくして痛みもとれ、気分もよくなられたごようすでした。お元気になられると、児童文学者の古田先生が小児科の先生に診ていただいたことが何とも楽しくなってしまいました。S先生も、「まさか大好きな『おしいれのぼうけん』の作者を診察するとは思わなかった」とおっしゃられました。

あのときは古田先生でなく、小児科のお医者さまに診てもらっている足日ちゃんのようななつかしい日に帰られたのかもしれません。いえS先生も『おしいれのぼうけん』の主人公アキラがサトシを診察した気分だったのかもしれません。

ベティがやってきた

友人から頼まれて、オランダの二四歳になる学生ベティをホームステイさせることになった。彼女はオランダの芸術大学で彫刻を学んだアーチストで、東洋の美に大きな関心を寄せている。しっかりした確実なものを見る目もある。感性がしなやかでしかも鋭い。いろいろハプニングやら、とまどいやらのなんだなんだの連続ではあったが、彼女の生活ぶりから学ぶことは大きかった。

着るものは、半年の旅ということもあってか、たしかシャツ三枚、ジーンズ二本、セーター一枚、カーディガン一枚、ブルゾン一枚、靴下三足、アンダーシャツがわりにTシャツ二枚、とっかえひっかえ。そのどれもがヨレヨレになるほど着古したもので、襟がほつれ、ズボンのすそは擦り切れ、色あせて、いかにも貧乏旅行という感じだと思った。でもいっしょに暮らすとそうではなく、彼女がシャツ二枚にもどれほど愛着を持ち、大好きで大好きで、手放せないかを知った。古くなって、肌になじみ、古代布の感じになる、それらに愛情を示して、手を通すたびにいとおしみ、愛し、継ぎもあてる。ああ、着古したこなれたなんとも言えぬ美しさ。そういうものを忘れていたことに気づいた。しかもほつれかかっていて毎日洗濯すると破れてしまうからと、まっ黒くなるまで三日も四日も同じシャツを着る。彼女が着ると衣類が肌と一体化して、汚れもまた美しいのだ。

食については、日本食をべた褒めする。みそ、梅干し、豆腐、納豆、おもち、漬物、こんなに健康的ですばらしい食品はないと褒め、昆布やかつぶしでとるだしに感動し、煮物は芸術的となり、お刺し身大好き。日本食を喜ぶので、新鮮でおいしい材料の買い出しに必死になるわたし。おはしの繊細さを褒めちぎり、日に日に使い方が上達して、実に優雅に口に運ぶ。

こうしてわたしは失ったり、忘れかけたりしている生活の中の美を、ベティから思い出させてもらっている。

数珠玉の帽子

ホームステイ中のベティとのコミュニケーションは英語だが、家族の中で英語がしゃべれないのはわたしだけなのに、なぜか一番気が合う。わたしは彼女にとって日本語を覚えるための教材的役割だったようで、身ぶり手ぶりのわたしに学んだ日本語の方が、頭に残って一度で身につくと言う。ひらがなもじょうずに書けるようになった。彼女はわたしには英語で話せるよう努力せよと手厳しいが、いっこうに身につかない。ベティはそんなわたしに「オカアサンノベンキョウドリョクタリナイ」と、じょうずに日本語でしかるほど上達した。

ベティと散歩するといろいろな発見がある。ある日川辺で数珠玉を見つけた。ネックレスやお手玉に使うことを教えると、こんな美しい玉の植物はヨーロッパでは見たことがない、色、型、肌ざわり、すべて美しい！　と、ポケットいっぱいとって帰って、糸でつなぎ楽しんだ。わたしは以前中国の雲南省の山奥を旅した息子が、苗族《みやお》のおばあさんから譲ってもらった帽子を思い出して取り出した。それはカラフルな古ぎれを、藍染の布に帯状に縫い合わせた、それは美しい帽子で、古い銀細工や数珠玉がいっぱいついている。ベティもその帽子に魅せられて、自分も同じような帽子をこの数珠玉で作りたいから、布が欲しい、探してくれとせがむのである。しかたなくとっておきの藍染の布や着物の端布を取り出すと、ベティは飛び上がって喜んだ。

一週間後、みごとな苗族の帽子とそっくりな帽子が二つしあがった。ベティはわたしに一つプレゼントすると言う。かぶってみると、とてもよく似合うと褒めちぎるので、気をよくしたのが悪かった。早速ふたりで外出しようと、しりごみするわたしを連れ出した。それゆえわたしは電車の中でジロジロ眺められるはめに陥り、帽子で顔を隠してしまった。その帽子、銀細工のかわりに五円玉がいっぱいくっついていたのである。

ネコでも行ける博物館

うちのネコのサラダは博多生まれの太宰府育ち。横浜に越して十三年にもなるけれど、今も博多弁でニャーニャーとなく。そんなわけでネコでも「太宰府に博物館を」と、とても期待していて関心が強い。

今日も私が「博物館、博物館……どんなハクブツカンがいいかなぁ……アジアの交流と研究の場……」などとつぶやいていると、そばでまあるくなって眠っていたのに目をキラリと輝かせて、「もちろんネコでも行ける博物館にしてほしいなあ」と当然のごとく言ってペロペロと毛並みを整えはじめたのです。

私は驚いて、「ふんふん、ネコでもねえ……。あの大英博物館でもネコのミイラはあった

けど、あそこはネコでも入れるのかなあ……。おまえも博物館へ行きたいのかい？」とたずねると、

「当然です。ネコだって博物館へ行きたいです。オホン！　ネコだって出入りできる生き生きした生活感すら感じられる生きた博物館でなきゃあ。どんなものでも生きていないと意味がないですよ。ペロリとなめたくなるようなおいしい博物館。本物はおいしいのです。」

「何言ってるのよ、まさかお魚のにおいのする博物館とでも言っているの？」

「いやあ、そのにおいですよ。においのあること。生きるにおいがただよっている博物館です。博物館に入るだけで、ドクドクって心臓の音が聞こえてくるエネルギーの発信地でもある博物館。そんな見えないものを感じさせてくれる、見えないものがいっぱい生きている博物館ですよ。ペロリとなめたくなるようなね。ネコでも行ける博物館にしてほしい！」

とまあ熱っぽく語るんですよ、うちのネコ。

で……「よしよし、博物館ができたら連れていってあげるから。」と約束しました。ネコでも行ける博物館、ドキドキしながら待ってます。

農業小学校のうた

児童文学者の今西祐行先生が、「農業小学校」という珍しい学校を創られた。この学校は山の畑が教室で、村のお年寄りや農家のおじさんおばさんが先生です。天気のよい日曜日、この山の畑で農業をして、自分達で食べるものを自分達で作ってみることがいかに大切かという事を学ぶ学校です。おいしい作物を育て、みんなで食べるのが授業だというそれは魅力的な学校なのです。

この農業小学校を、今西先生といっしょに絵本にすることになって、わたしも入学して農業をした。

一度通うと、山のおいしい空気と作物の成長を見たくって、次の登校日が待ち遠しくてワクワクする。そして土に触れると、なんとうれしく体中がここちよいか。空を見て、風を感じて、星を見て、天気のこと、温度のこと、水のこと、体中で確かめながら作物と交信する。鳥や獣、虫と付き合って、自然をなんと深く見つめられたことか。喜びでいっぱい。通うごとに、農業をするごとに、耕しているのは土ではなく、わたしを土が耕してくれているとつくづく思った。

ここに来ている子どもたちは、ほとんどが都会の子ども。一〇〇人ほど入学しているが、いつも出席者は五〇人ほど。つごうのよいときだけ通学すればよい学校。テストも、宿題もきびしい規則もなんにもないからまったく自由。するのは農作業。普通しんどい農作業が、この山では楽しいから不思議である。マンション住まいのわたしは、土に飢えていたんだとあらためて思った。土にはいつくばって草を引く。健康な土のニオイ、土のやわらかさ、あったかさ、知らなかった。みみずが出た！　あっ！　へびだあ！　といろいろ出会いがあって、畑は新鮮さに輝いている。

イノシシにサツマイモを食べられ、ハクビシシにとうもろこしを食い荒らされた、と悔しがりながら、彼らが畑にやって来るのを心待ちしているところもある。そして本当は、いっしょに畑を作って、収穫を祝って、イノシシと一緒にビールを飲んでパーティをしたいものだ。そんな楽しい山の畑の絵本『農業小学校のうた』（木魂社）を創った。

満月の夜のふしぎ

岩崎京子先生が階段を踏みはずしておケガをされたことがありました。その日先生はちょうど小田原に講演に出かけられる日でした。おケガはひどく、それで私にかわりに行ってほしいとお電話が入り、私では代役にはならないけれどびっくりしてお役に立てるならととんで行きました。

小田原なので鯛の〝たいこさん〟はカマボコにされないかなとドキドキしながら会場に着くと誰一人居ません。よく確かめると午後二時からとあるのに私は何と午前十時に会場に……。なぜかこうなってしまう事が多いのです。しかたがない、コーヒーでも飲んで頭を冷やして……と隣りのお菓子屋さんの二階の喫茶店に入りましたら、〈ミヒャエル・エンデの

『満月の夜の伝説』のビネッテ・シュレーダー原画展〉とあるではありませんか。「えっ！　なぜ！　小田原のお菓子屋さんでドイツのビネッテさんの絵が！」と驚いてしまいました。その上、今日は岸田今日子さんの朗読会までもあるのです。こんなうれしいハプニングがあるとは夢にも思いませんでした。時間がなにしろありあまるのでゆっくりお茶を飲みながら何度も何度もビネッテさんの絵をながめ、うっとりしていますと、あまり熱心に見ていると思われてか、お菓子屋さんが話しかけて来ました。

「和菓子屋でこんな企画おもしろいでしょう。実は昨年ミュンヘン手工業見本市に呼ばれた折、ビネッテさんは好奇心と喜びの人でして毎日かよってこられ、〝さくら餅と抹茶〟の大ファンになったのがきっかけ。自宅や旅行にも誘われ、有名な絵本作家だということを知り、満月の話をしたのがきっかけで『満月の夜の伝説』の原画展を開催することになった。今夜は岸田今日子さんにも朗読してもらうことになり、よい出会いになればと」とのこと。ちょうどエンデの一周忌にこうして、思いがけずうれしい作品に出会えた。その上、たまたまうちの娘が次の日ミュンヘンへ出かけることになっており、つい「明日娘がミュンヘンへ行くのです。国際児童図書館へも行くので、又向こうでもエンデやビネッテさんの作品に出会うかもしれませんわ」「えっ！　ミュンヘンの国際児童図書館へ！　そこでアジアを担当しているガンツェンミュラー文子さんにお会いしますか？　あの方も見本市で私のさくら餅とくりきんとんが大好きと言って下さった方です。ぜひお菓子を届けてほしい！」ということになり、娘はどうしてこんな成り行きになったのか驚きながら〝さくら餅とくりきんとん〟をスーツケースにつめミュンヘンへと旅だちました。ミュンヘンでもちろん、文子さんもなつかしい小田原のお菓子とメッセージをもってやって来たうちの娘に大変びっくりされ大喜びなさり、おかげで娘はご自宅に招待され、夕食までごちそうしていただき……と又々喜びが生まれたのです。

私が時間をまちがえたおかげでこんなことになろうとは、本当にふしぎ。やっぱり満月の夜はとてつもないことがおこる！　って本当だなあとうっとりしながらビネッテさんの非現実的でシュールレアリスティックな世界と自然主義的な両方をもった世界。親しみを覚えるものと奇異な感じを与えるものと入りまじったというか、引き寄せるものと惑わせるものとが同居している少々不気味なビネッテさんの絵の魔法にかかった気がしてならないのです。

ふしぎ、ふしぎの、ほんとの話。

赤ちゃんが生まれてはじめてであう布、タオル

今は自然と人間とのかかわり合いをもう一度見つめなおし、誰もが何かをとりもどそうとしている時だし、人間も自然の一部であるということをやっと自覚しはじめた時、天然素材のタオルは人間の体の一部のような自然な結びつきが気持ちいい数少ないものの一つのように思います。

だから生まれたばかりのかけがえのない命、輝いてはちきれんばかりの赤ちゃんを一番最初に包《つつ》むものがタオルであることに感動してしまいます。「生まれて初めての布」がタオルであり、命をつつむ。なんてうれしいすてきなことでしょう。

赤ちゃんはタオルの柔らかい肌ざわり、タオルのニオイ、タオルの布ずれの音など全てを

体にしみこませて育ってゆくのだなあと思います。もちろん生身のお母さんにはかないませんがお母さんが使って育てるからこそタオルの感触は赤ちゃんにとって大きいんじゃないかと、またお母さんの思いと重なってタオルはあの日をよみがえらせてくれるような気がします。

だから誰もがタオルを使うとき意識しなくてもどこかなつかしい遠い昔のうれしい日だまりのようなここちよさを感じてしまうのではないでしょうか。

思えばジャブジャブ洗ってみごとなほど子育ての味方になってくれたタオルはしっかり子供達の心になつかしい布として育っているような……。だからタオルを手にすると不思議とほっとするのでしょうか。それは子供時代にどんな絵本に出合ったかが問われるように。「生まれて一番最初にであう布」としてタオルはずーっと人と共に生き続ける幸せな布なんです。

だから本当にタオルが問いなおされるときなのかも知れません。こんなにも深い結びつきがあるんですもの。

庖丁を研ぐ

みごとなカボチャが北海道の友人から届いた。今夜はほっこりカボチャの煮付けをと切っていたら庖丁の柄が折れた。何とまあ手荒いことをと思われそうだが、かなり古い庖丁で先は私が冷凍の肉を切ったときにゆがみ、といでといで使ったので現形よりかなり小さくなっているほんとにちびた小さな庖丁。それでもとても切りやすくそれにこれは亡くなった義母が結婚したときに贈ってくれたもの。新しい柄をつけかえてもう一度使いたいとややほそった小さなボロボロの庖丁をもって刃物屋さんに出かけた。

老舗の刃物店は店がまえからカンバンまでビシッとしている。重みと研《と》ぎこまれたのは刃物だけでなく店全体のありようが研ぎこまれた感じで店主も店員もみごとに鋭い感性がただよう店なので、まるで質屋に入る貧乏人のような思いで入ろうかどうしようか行ったり来たりためらいながら入った。

店主は「いえいえもっとひどい庖丁をおもち下さる方もいっぱいいますので、お気づかいなく何でもご相談に来て下さい」とにこやかに迎えてくれた。庖丁をみるなり、「これは四国は土佐の庖丁ですね。四国の庖丁は両刃があるのですよ。関東にはこんな庖丁はないのですよ。関西のですね」と一目みておっしゃる。こんなにちびて先っちょのまがった小さい刃物でもきっちりと出所を言いあてるのはさすが。でもつけねの部分がやせ細っているので柄がゆるんでぬけてしまうから新しいのをお買いなさいと進める。

小さくすりへった庖丁を何度もなぜながらためらっていると店にお客さんが入ってこられた。その方はお得意さんらしく堂々と店に入って来られた。そして私に
「長野さんでしょ。井上です」とおっしゃる。

「井上？　って……。どちらさまの……」

「井上ひさしの……」

あっ！　井上ひさし夫人！　料理研究家であられる。刃物を使いこなし刃物を日常の生活の中で輝かせておられるにちがいない。さすがプロの人は刃物屋さんの店に入りっぷりまで

ちがう。私のように切れない庖丁で平気で料理をする者と精神がちがう。手にもったちびた庖丁をどこかにかくしたいほどはずかしかった。

それでも井上夫人は「長野さん料理などできるの？」なんてケイベツした顔などちっともしないで、とってもていねいに「こんなのが使いやすいわよ。手頃で、私も使っているよ」とこまやかに選んで下さった。それは小さいあじ切り庖丁。うれしくて私はそれを買うことにした。

お店の方が「そちらの庖丁はどうされますか？」。処分しておきましょうかということらしい。でも私はこれは大事にもっておきたいと言うとていねいに包んでくれた。

新しい庖丁はとてもよく切れて料理の味までもよくしてくれるようで、使うたびにうれしい。

役目を終えたちびて小さい庖丁は私がもう一度ていねいに包んでおいてある。

いつか生まれた土佐までもっていってやりたい。

夜の電車の中で

旅の帰り夜のおそい電車に乗った。十七、八ぐらいのいかにも予備校生らしき若者が男女六名ドカドカと乗り込んで来て私の前に立った。日曜日の夜とあって車内はすいていた。茶髪にピアスだけども全員とてもさわやかな気持のよい笑い声で肩にはリュック。プロ野球選手のものまねをしてはしゃいでいたが電車のつり広告を見て一人の男の子が「キムジョンイルってのがこっち、キムデジュンがこの字なんだよね」。すると「バカ、こっちがキムデジュンと読むんだよ。これはキムジョンイル。ねえオバサン、コッチがそうだよね」といきなり私に話しかけてきた。私はびっくりしたがそのくらい知っててよという顔をして笑った。今度は選挙の話になった。「ヨオー、家族でもこの人に入れてとたのんでヨー、何かやるとセンキョイハンなんだぞ。知ってたかー？」と仲間に言ったあと又私の方を向いて「ねえ、そうだよね」と話しかけてきた。電車の中の人が皆私をみつめる。声かけられて何だかはずかしいが私はその問いに答えずに「ねえ、選挙権あるの？」とたずねた。
「オレ、七月十九日生まれ。あとちょっとで二十。ついてないよなー」
「オレ十九。コイツは十八」等とニギヤカに答えたかと思うと何と私に又「選挙権あるよね？　何歳？　六十一？」
電車の中で若者に年を尋ねられ、ほとほとまいったと思いながらとまどって苦笑すると
「ちがう？　もっと若い？　じゃあ五十八？」
やめてほしい電車の中よと私はもうこまってしまったが笑った。すると
「マジ？　アタリ？　五十八歳？　まだまだイケルじゃん」と大きい声でいう。もう何か私はすっかり彼らの仲間に入れられてしまいそう。でも何ともめずらしいほど感じがよくて、人なつっこい顔をして話しかけてくるので笑いながら許せたし、若々しい明るさがまわりをなごませた。次の駅で彼ら全員が降りて行ったが、降りるとき女の子一人が「すみません、話しかけて……」と頭を下げ、彼らは私に「オツカレサン」等といって手をふった。私はほっとした。

電車が走り出して「まだまだイケルじゃん！」といわれた言葉がおかしくてたまらない。乗客は他にいっぱいいたのにどうして私に話しかけてきたのかなあ。

ところが彼らの乗った東海道線と私の乗っている横須賀線が途中で並んで走るところがある。窓に目を向けると、隣りを走る電車の中からあの若者たちが私に手をふった。たった今別れたばかりの知らない若者なのに、何だかなつかしいうれしい人に出会ったようにうれしくなって今度は私も手をふった。うれしいのは「まだまだイケルじゃん！」なんて言われたせいじゃあないことはたしかなのに……。

拝志の海

私は穏やかな瀬戸内の海と真白い砂浜と、緑の松原がそれは美しい織田ヶ浜のそばで育ちました。今治市拝志《はいし》です。私の子供の頃は富田村でした。街道ぞいに民家が並んで海まで十分、漁村でも、海水浴場でもなく、白浜がそれは美しい、誰れもが自分の庭のように思っている憩いの浜でした。そして生活の中で生き生きとかかわりあっていて、浜辺でぼーっとするだけで不思議とうれしいのです。

お正月は海で初日の出を拝み、海水を汲むことが若水であったし、流し雛《びな》も、お花見も、海でした。らっきょや漬け物にする野菜を洗うのも海。おいしくつかるからです。海の助けをかりて何でも仕上げるのです。沖縄では染めや織物は海でさらして色を深い色にするといいますが、つけものも深い味になるのです。お盆の精霊流しも、汗ができると海水に赤んぼうを浸らせたりと、体も魂も清めてもらう祈りの場でもあったようです。だから子供達だけで海で遊んでいても事故の一つも起こったことはありませんでした。海で泳ぐことは海に抱っこしてもらう気分だったし、海が笑ってくれるのです。おだやかに。

当時私の住んでいた町内は大阪、東京で月割屋さんとか手広くご商売をやっておられる家が何軒もあり、都会にも別宅がありこちらは休みごとに帰る本宅のような家庭が多く、生活が恵まれている上に、留守宅を守る家族もどこか都会とつながってあったので、おしゃれでモダンで遊び心のある人が多くいました。

どの家も屋敷が広く裏門もあり田んぼも持ってました。大きな木がそびえる庭の家ばかりで、その庭に入りこんでも遊びました。セミのよくいる木がどこの家か、ままごとにする葉っぱはどの木かよく知ってました。そんなとき、謡の声がきこえたり、お琴の音が聞こえたりする町内でもありました。夏は都会から親戚や知人を迎えてどの家もにぎわっていました。美しい海があるから皆、一夏をすごしてゆくのです。今は相続などで家も売りはらい昔のおもかげはぽつりぽつりとしかありません。

結婚して郷里を離れてみてはじめて海のそばで暮らすことの豊かさ、すばらしさをあらためて思いました。いつも海のそばに住みたいと思うのです。鹿児島、長崎、熊本、福岡、横浜、鎌倉と住み、あらためて自分の作品は海とつながり海から絵本が生まれているように思えるのです。

織田ヶ浜と子ども

私の生まれ育ったところは瀬戸内海に面した織田ヶ浜という美しい海辺です。七十メートルほどの白砂が二キロ近くゆるいカーブを描き、浜の向こうに点在する瀬戸内の島々のながめも、青い海もそれは美しい。

海水浴場のような設備も何一つなく、旅館も民宿も一軒もない。設備のないことは海をより身近にしてくれ土地の誰もが愛しつづけたので、全く自然なままの形で残された瀬戸内海で唯一の白砂の浜でした。

ところが一九八三年にこの浜の半分を埋め立てる港湾計画がたてられた。その反対運動を起こし、織田ヶ浜を守る会を組織したのが私が小学校のとき絵を習った飯塚芳夫先生でそのとき七十歳をこえておられた。

「浜は子どもたちのもの、この浜からどんなに多くのものを学んできたことか」と土地の人や子どもたちといっしょに全財産をなげだして反対運動をし、教え子たちに「浜が埋め立てられる」と訴えた。

教え子や浜で育ったたくさんの人たちは地元の人達を応援した。その一人、詩人の羽生槙子さんは、浜と人が暮らしのなかでどんなかかわりがあったかと、土地の人たちや浜で育った人たちに呼びかけ書いてもらいそれを本にした。

『海と人間』（新宿書房）、私も手伝った。それは皆海と人はわかちがたく結びつき、浜が人の暮らしのなかでどんなにかけがえのない大切な場所であったか、そして浜をのこしてほしいと皆が述べている。

また羽生さんと二人で織田ヶ浜の詩と絵の絵ハガキもつくった。あの浜のすばらしさを本当にひとびとが知りさえすればきっと浜は残る。本当に何も解らない私達はそう思った。知ってもらいたいと思った。その売り上げ金の全てをカンパした。新聞などがとり上げて下さり、全国から申し込みが何百通ときた。そしてその申し込みにそえられた手紙の多くは〝私のところはもう自然の海岸を失ってしまった〃という嘆きの声でした。

私たちはあらためて、海辺に囲まれた土地に住んで、海と海辺にあこがれをいだき、なぐさめを得て暮らしてきたことを思いしらされた。


しかし、飯塚先生も亡くなり、同時に埋め立て認可もおり、無残な姿で埋め立て工事ははじまってしまった。

埋め立てた港湾には立派な公園も計画されている。でも自然の白砂とあのなぎさは一度失うと二度と帰ってこない。そのまま残してほしいと願ったのに……。

自然保護の運動がどんなにエネルギーを要する大変なことか、こたえた。二度とこういうことにかかわりたくないとさえ思った。

そして、仕事をもっている人はいろいろな立場があり、反対運動ができるのはいつの場合も、母親やおとしよりや子ども……と弱い立場の人ばっかりなのもつらいと思った。つらい運動だった。

もっともっと自然が破壊され、どうしようもない状態にならないと、浜を残してほしいなどということはだめなのだろうか。残した方がいいと思いながらもしかたなしに破壊しているような気がして悲しい。

人はどうしようもなくおろかで、破壊されつくさねば解らないのかもしれない。いえ破壊しながら生きてゆくことしかできないのが人間なんだろうなあ……。私もその一人なのだ。

何となさけない私たちおとな。子どもたちに何と言ってわびられよう。

海にだっこ

愛媛の織田ヶ浜のそばで生まれ育った私は浜辺は大好きな遊び場でした。織田ヶ浜は漁村でも、海水浴場でもなく、白砂がそれは美しい、誰もが自分の庭のように思っている憩いの場でした。そして生活の中で生き生きとかかわりあっていて浜辺でぼーっとするだけで不思議とうれしいのです。

海で泳ぐことは海に抱っこしてもらう気分だったし、波打ち際はゆりかご気分で小さな巻貝の「きしゃご」と遊びました。海で遊びつかれると両手で砂をだきかかえるように腹ばいになって、すっぽり体をまるごと砂にあずけて寝っころがりました。自然と人間の区別なんて全くなくなって砂浜で遊んだ後は、浜辺の松原の木に登って遊び、おしまいにてっぺんに登って海にさよならして、やっと家に帰るのです。

そうそう一本とても大きくくねった松の木があり、子ども達が大好きでいつも誰か登ってて、松の木の方も子どもが大好きらしく木をくねくねくねらせて、登りやすいようにしてくれているみたい。だって小ちゃい子ども達が木にしっかり抱きついて登るんですもの松だってうれしくって喜んでる遊んでるんです。松の木のてっぺんから見る海は、本当にドキドキするほどいいのです。海が笑ってくれるのです、おだやかに。まさに私の大好きな絵本『あたごの浦』（脇和子／脇明子・再話　大道あや・絵　福音館書店）のタイの気分でした。

海も山もそんな私達こどもを「好きだよ」といってくれているようでした。私の絵本はもしかしたらそんなところから生まれているのかも知れません。だから私も心をこめて「好きです」という思いを描いてゆけたらと……。

ああ久しぶりに松の木に登って海をみたいなあ……と思うのですが、今は松原もなく浜も半分埋め立てられてしまいました。日常の生活の中に海があるってことは本当にすごいことなんだなあとしみじみ思うのです。海辺の豊かな楽しさを思うと、コンクリートの浜辺はとてもせつないです。

ぼーっと

いつもぼーっとしているわたしは、よく忘れものをする。それに物はよく落とすし、外に出れば方向オンチですぐ迷子になる。そしておまけに思ったことをうまく表現できないでモゴモゴ話す。「おまえはぼーっとしている」と子どものときからいつもしかられてきた。なんでもすばやく答が出せて、さっと行動でき、しかもちゃんと正しくできる人がうらやましい。

ぼーっとしているわたしは、この原稿の締め切りも忘れてしまい催促された。ぼーっとしているから何を書いてよいのやら……。どうしようと、またぼーっとしてしまうのである。そうやってぼーっとしていると、この前久しぶりに会った友の話を思い出した。

彼は大学で美術を教えてるのだが、子ども達の描いた絵や線について研究しているのだと言う。その研究たるや、なんと筆圧や粒子の付着度について調べているそうなのだ。そしてぼーっとしている子どもの絵をルーペで見ると、線が実におもしろいと言う。本当だろうか。線の中に込められた、目に見えない、触ることのできないものが、見える気がすると言う。そして「ぼーっとしている子は、それはそれでいいんじゃないかとつくづく思うよ」と言ってくれた。そうかあ。ぼーっとしているわたしはうれしくて、俄然《がぜん》元気が出てきたのであった。

なんにもできない者は、なんでもできる人より劣っている気がして、うらやましがったりすることもあるけれどそうじゃあないんだよね……、とぼーっとしながら思う。まだ原稿が短くて何行か残っているが、そこは……とぼーっとすることにした。ごめんなさい。

「美意識の違いです」

わたしの住んでいるマンションの敷地内に、かなり広い自然のままの森が残されていて、キジバトやヒヨドリ、オナガなどもやってくる。その向こう側が遊歩道になっていて、小川もあり、オタマジャクシやザリガニを捕る子どもたちの声が聞こえてくる。見晴らしもよく、遠くに横浜のベイブリッジも見え、すばらしい眺めが気に入っていた。

ところが遊歩道の向こうは広い空き地になっていて、そこにプレハブの貸し倉庫屋さんの建物ができた。空き地の草の色が遠目に美しく、気に入っていたのだが、そっけないプレハブにはがっかりしてしまった。でもいろいろな建物がこの空き地に建ってくるだろうし、しかたがないと思うようになりかけたころ、そのプレハブの建物になにやら工事が始まった。

十日あまりでその工事も終わったが、次の夜びっくりしてしまった。建物中にピカピカのピンクのネオンをぐるりと巡らし、その上オレンジ、青、赤のなんともはでな色がきらめいているのである。回りにはネオンのついた建物などまったくないから目だつこと目だつこと、翌日はアドバルーンが三つも上がり、たくさんの人が車で押しかけ列ができている。よく見ると、アドバルーンに「しゃぶしゃぶお一人様、一三五〇円食べほうだい！」とあるではないか。もう腰を抜かしてしまった。今までの心地よい眺めはいったいどうしてくれる！

たまりかねて、家人がネオンの明かりをもう少しなんとかしてほしいと申し入れたら、「パリのように華やかで美しく、人目をひくネオンにしました。美意識の違いです」と断られた。向こうのつごうもあるらしいが、これは色公害だと怒りつつ、「お一人様一三五〇円、食べほうだい」のネオンを眺めながら生活するはめになってしまった。(でも一年でこの店はつぶれてほっとした。)

#「りんごの木」

横浜の自宅のすぐそばに「りんごの木」があります。りんごがいっぱいなっています。……あっちがい、こどもがいっぱいの「りんごの木」という無認可のたのしい個性的な保育園なのです。中川ひろたかさんや新沢としひこさんは元ここの保父さんでした。二人とも今一番人気者のシンガーソングライターで絵本も創るし詩も書きます。

中川さんは『さつまのおいも』というたのしい絵本があります。だから中川さんと会うと中川さんは「長野さんってたいこさんなの?」って聞くので私は「中川さんはおいもでしょう!」と答えます。「せとうちだあ!」「さつまだあ!」と二人はこうなってさわぎます。

すると新沢としひこさんことしんちゃんが「ドカーン」とさけび「たまやー」と笑います。

しんちゃんは『しんちゃんのはなび』といういい絵本を出しています。ケロポンズというカエルさんもやって来ます。ケロちゃんこと増田裕子さんとポンちゃんこと平田明子さんは実にたのしくすぐものまねをします。ケロちゃんこと私の口調もすぐまねてしまいます。私達はこうして「りんごの木」で遊びます。ピョンピョン　うれしいことです。私はときどき「りんごの木」の子どもになって遊びます。

「ふしぎとうれしい」

私はよくうれしいとか、不思議という言葉を使うらしい。また「ふしぎとうれしい」という言葉もよく出てくるといわれた。全く自分では気付かなかった。今回このタイトルを付けてはじめて気付いた。

なぜなんだろう。やっぱり本当にホワンとうれしいんだ、と思うし、不思議のとりこにうっとりするんだと思ったけど、この言葉をはっきりと意識したのは北海道の雪につつまれた森の中ですごしたとき。「雪をみているだけで不思議とうれしい」とOさんに手紙を書いた。するとOさんは「不思議にたのしい」という書を書いて送ってくれ、その中に便りがわりの短詩が入れてあった。Oさんは私を娘のようにかわいがってくれるとても透き通るようなク

リスチャンです。便りがわりに深い信仰あふれる短詩やきびしい詩を下さる。私が日本絵本賞をいただいたときは

あなたの　花束でない　ふつうの　ことばが　かがやく

という不思議とうれしい短詩をいただいた。

そして雪をながめるだけで「不思議とうれしい」という私に、丸亀へ行って猪熊弦一郎を観て来たときのことを記した短詩が送られてきた。

いくたびも　遊目の街　丸亀を訪ねきて
猪熊弦一郎の　おもちゃ箱に　幼き日をさがす

ふしぎでたのしい　アトリエにて
子ネコたちの食卓が　にぎわう

丸亀の猪熊現代美術館へはまだ私は行っていない。一度行ったことがあるが休館で、残念だった。近いうちに行きたい行きたいと思っているのにまだ行っていないなあ……。

そんなことをこのタイトルを付けてから思い出した。ふしぎでたのしいアトリエが目に浮かぶ。もしかしたら私の口ぐせのふしぎとうれしいのことばをなぜよく使うのかという何かヒントがあるかも……と思って一〇四で電話番号を調べて美術館に電話をした。

「私は『ふしぎとうれしい』という言葉がとても好きなのですが、何かどうも猪熊先生にそうゆうことばを使った作品とか何かあるのでしょうか？」

すると学芸員の方は調べてあとでファックスしてあげますと親切にいって下さった。三十分後にファックスが届いた。

〈『画家のおもちゃ箱』というエッセイ集を猪熊先生は出しておられ、「不思議にたのしい」という言葉を何度か使われています。そして先生はよく「嬉しい」「不思議」という言葉を使われ文章を書かれています。「世の中のものにもう一度不思議の気持ちを向けてごらん」というようなこともよくおっしゃっておられました。

そうゆう言葉が印象に残っていらっしゃったと聞くのは嬉しいことです。ありがとうございます。〉

本は『画家のおもちゃ箱』猪熊弦一郎（文化出版局）。九六八四円とあり私はびっくりしました。おもちゃ箱ってエッセイ集のことだったと解り何てうれしいことと喜び、私はそんな高いエッセイ集は読んだことがありませんが読んでみたくなりました。もう一度電話で本のことを聞いてみますと、「絶版になっています。でも当美術館にはまだすこし残っています。」とおっしゃるのです。

高くてとても買えそうな本ではないけれど、行ってみせてもらいたいなあ。

猪熊先生がよく使っていたことばが不思議にたのしいという言葉と知って、このエッセイ集に、このタイトルを付けてよかったとしみじみ思いました。そう、こんなときこそふしぎとうれしいの気分です。そしてふしぎとうれしいと何度もつぶやいてうれしいです。

でかけターイ

私も森に住みたい

ある秋のこと、駒ヶ根に住む友からうれしい便りが届いた。「散歩の途中で摘んだ野の花や草で楽しいものをたくさん作ったので、一日限りのお店を開きます。森のコンサートもあります。遊びにきてください」とあった。久しぶりに山の空気も吸いたくなったので、わくわくして出かけて行った。

中央アルプスの山麓《さんろく》の三角の家のキッチンは、すてきなドライフラワーのリースや花束がいっぱい。そしてびっくりするほどつつましい値段もつけられて開店していた。まるで山のキツネの奥さんが、森の中でお店屋さんごっこをやっているみたいで、お客もどこからともなくやってきて、葉っぱのお金で買って行ったみたいな、そんな楽しいお店でありました。

その後のコンサートは、もっと奥の森の中で、電信柱等の廃材を使ってログハウスを建てているＩさんの建設現場が会場となった。

民族楽器ケーナを奏でての演奏が始まると、山の動物たちも耳をそばだてている空気が伝わってくる。音楽が鳥の声、自然の声と溶け合って実にいい。みんなうっとりと聞きほれた。体中に音がしみいる。

Ｉさんは東京の会社で働いてきたが、ストレスがたまり自然の中で暮らしたくなって移り住んだ、フリーの建築家。「地域の人たちが自由に集まって、自然の中でいろいろな再発見ができるような場を作りたい」と、ほとんど一人でログハウスの作業を進めている。「作業はゆっくりでも、作ってゆく過程での交流の広がりを楽しみながらやってゆきたい」と目を輝かせていた。

わたしもここに住みたいなあ、いいなあ、と思いながらも、野の花もリースになりたくはないし、森だってログハウスなどなくって、そのままでいたいだろうなあ、と思う気持ちが横切った。

ニワトリのおばあさん

北海道の森の中に住む「詩子さん」は本当にすてきな生活をしておられます。詩子さんちを訪れるたびに感動してしまいます。

着古したセーターやはきこんだズボンをそれはみごとに森の人的に着こなして、本当の生き方の達人のようなたくましさに、ほれぼれします。彼女のことばは詩のようで、きれいな声で心をこめて誰にでも話します。

朝、「秋です！　ヒデ子さーん！」私は「ハーイ」ととび起きます。屋根裏で天窓からお星さまをながめながら休ませてもらった私は、透き通った気分です。

外はまっ赤や、まっ黄色の葉っぱがハラハラといっぱい舞っていて、たっぷりと森にだっこされているしあわせがこみあげてきます。「ヒデ子さん！　朝ごはんのきのこをとりにいきましょう！」

詩子さんはいつも話しかける人の名前をかならず入れて話します。それがうっとりうれしい気分にしてくれるんです。私だと「きのことりに行く？」ってしか言わないでしょうに詩子さんは家族にもきちんと名前を入れて話します。

いいなあいいなあと私は反省します。

長グツを履いて外に出ると何と家の周りにきのこがいっぱい生えているのです。以前ポニーを飼っておられ、ポニーの落とし物の横に紫しめじがにょきにょきと生えてきたそうで、このきのこは「ポニーからのおくりものなの！」と詩子さん。

家の前には小さな小川が流れていて、ほとりの古い柳の木には「なめこ」がびっしりです。私がワーッと歓声を上げてとびはねますと、鶏小屋のニワトリが全員、首をかしげて私をみているのです。何てったって詩子さん「卵をいっぱい生んでくれたのだからニワトリの老後もちゃんとみてあげたいの」とおばあさんニワトリがいっぱいです。私はニワトリのおばあさんをみたのははじめてで、年をとるとニワトリもなかなか個性的ないい顔なんです。鳴き方もしゃべっているようで、どうも私はニワトリ達のうわさのタネになっている視線を感じながら、きのこをとり、ハーブを摘み、朝ごはんです。

ゆったりとお茶をのんでいると胸いっぱいになって、ああ……小さな都会のマンションになど帰りたくないニワトリ小屋にでも居そうろうしたいなあ等とつぶやくと、ニワトリのおばあさんがやってきてクク……。詩子さんは『馬を洗って…』の加藤多一さんの奥さん。

風邪ひき、おきゅう、梅エキス

雪の北海道の森の中の家を借りて冬ごもりの生活を楽しみました。南国育ちの私は雪をぼーっと見ているだけでふしぎとたのしく、夜もキーンと冷えるかた雪をふんで星を毎夜ながめていたら、風邪をひいてしまいました。コンコン、鼻水グシュグシュやっていると、いつも牛乳をいただいている農家の肝っ玉母さんが風邪にはこれが一番と秘伝の手当てをしてくださり、一ぺんで元気になりました。それは熱いタオルのしょうが湿布をして体を温め、ノドの痛みにはびわの葉酒を飲んで、熱っぽい頭には雪の下で冷えたキャベツの葉っぱを枕にしてと、野菜のエネルギーをもらっての手当てです。なんて気持ちがいいこと、心のこもった看病にうれしく、風邪になってよかったなあと思ったほどでした。それは幼い日、風邪をひいて母に看病してもらったなぜかうれしいような病気の日の味でした。

小学校に上がるまでよく風邪をひき、いつも塩水で吸入をさせられ、ガーゼをのどに巻かれて、しょうがとネギの入ったくず湯を飲んでおとなしく寝かされました。でも風邪が治りかかるとこわーい治療がまちかまえていました。おきゅうです。

当時私の住んでいた四国では子どものちょっとした病気にはおきゅうが一番といわれ、子どもは誰でもお尻に一個おきゅうの点を持っていました。病気になるとすえられるのです。

子どもたちは泣きわめいておきゅうと戦うのですが、これが終わると風邪も治ったしるしと外へ遊びに出られるのです。でもあれはこわかった。にげてもつかまえられます。うちのおじいちゃんなど気持ちよさそうにおきゅうはいいなあ、などといってすえているのが信じられませんでした。幼い日以来おきゅうには縁がなくなりましたが、あれはなかなかの治療法だったのだ。今はお尻の熱さがなつかしいなあ。

そうそう梅の実の頃になると母は梅干しといっしょに梅エキスも作りました。梅を煮つめて煮つめてまっ黒になるとお腹のクスリです。夏に冷たい氷など食べると、必ず用心のためにとにがーい梅エキスをなめさせられるのです。はしかのときは古井戸に生えてる雪の下の葉をせんじ、あせもができると桃の葉のお湯に入ったりと、病院やお薬を使わず、古くからの自然の力を借りて、「痛いの痛いのとんでゆけ」とかのことばも重ねて手当てしてくれたことがなつかしく、幼い日の風邪ひきの日に着ていたネルのネマキの柄までも思い出した、北海道でのうれしい風邪ひき手当てでした。

けんぶち絵本の館

北海道、剣淵《けんぶち》っていいところですよ。絵本の館があるし、児童文学者の加藤多一さんが住んでおられるし、野菜はおいしい、町の人はやさしい。と私はふるさとみたいに思っています。だって、一昨年一ヶ月間住んで毎日のように絵本の館に通っていました。古い木造のレトロ調の建物は本当に落ち着くんです。町の中心にあって雪にすっぽり包まれている姿は本当に絵本の世界そのものです。剣淵との出会いは五年前私の『おかあさんがおかあさんになった日』が絵本の館の入館者や町の人で選ぶ賞に選ばれたのです。そしてある日突然ごほうびに一年分の農作物が一度にドーンと山積みされるほど届きとび上がってしまいました。まるでかさこじぞうのばあさまの気分でした。そのお野菜は体中が幸せになるほどおいしい味なのです。絵本が好きでこんなおいしい野菜を作る町ってどんなところだろうと思いながら受賞式に出かけ感動しました。雪、雪のまっ白の町にゆったりと時間が流れているのです。とくに町の人も障害者の方々も自然な感じでみんなといっしょに参加され何のわけへだてなく輝いていられるのにうれしくなりました。いえ障害者なんてことば使いたくない。色々な個性豊かな方々が絵本の館に集まってすてきなハーモニーを奏でているのです。

又この町のおじさん、お父さん達がエホン、エホンと熱心なのです。都会のお父さんは絵本をちっとも読まないのに、剣淵のお父さんは絵本に夢中なんです。いいなあ、だから絵本の館は社交の場でもあるのです。館内にはお茶や食事もできるすてきな売店があり、絵本を読みながらゆっくりできるのです。そして「絵本が心にいいのなら体にいい野菜づくりをするのが剣淵」と農業をがんばっておられるのです。すばらしい！

毎年二月、三月には受賞者を招いて講演会や原画展があり、心のこもった催しが行われています。こんなすてきな館のある町の森の中にすっぽり雪に抱かれて一ヶ月住民になってすごした昨年のことは私の宝物です。（沖縄へ一ヶ月滞在中の加藤多一さんのお宅を借りたのです）。

収蔵館も立派なのがあり、たくさんの原画が保管されてあり、外壁を堀川真さんの絵で剣淵の陶芸家工藤さんが子ども達といっしょに焼いたタイルがたのしく、あべ弘士さんの壁画も新しくできたそうで今度訪ねるのがたのしみです。「絵本も野菜も体にいい本物を」が剣淵なのです。私も本物の絵本を創ってゆきたいと沢山のことを剣淵で教えられました。

小浜島の秋野亥左牟さん

石垣島の隣の小浜島に住む画家秋野亥左牟《いさむ》さんのところに遊びに行きました。

インド・ネパールを旅され、メキシコ、カナダでアメリカインディアンの人々と生活を共にされたので、自然がどんどん破壊されていく日本の中でやっと住みたいとみつけられたところが沖縄の小浜島だという。

そして近々十三年間住まわれた小浜島を離れて広島の方にお引越されるというのです。

小浜島にいる間にいらっしゃいというういうれしいおさそいをいただいて本当にワクワクでした。

秋野さんは西表島《いりおもてじま》に面した十数軒ばかりの集落にお住いで、小浜島の港に着くと、ご近所のお兄さんがタクシーがわりに連れて行ってくれました。(小浜島にはバスもタクシーもありません)。

海に近い村の中のブーゲンビリアの花の咲きみだれる秋野さんちに着いたときには「ワア!」と歓声をあげてしまった。

芸術作品のような、オブジェのような、小さな木造の家とご一家は全てが現代彫刻がごとくどーんとなんです。イサムさんは芸大彫刻科出身なのだったと思った。村の人の手を借りて建てられた仙人の家の柱は木の枝がそのまんまくっついていて木のぼり、服やタオルをひっかけたりと、家中に気があふれ、大人も子供もワクワクするものが沢山つまった家です。窓ガラスなんてなく、雨戸だけ。それも台風のときに使うぐらいで一日中開けっぱなしで涼しい海風が通りぬけてゆきます。クーラーなんてちゃちなもの南の国には似合いません。暑さ、涼しさをぞんぶんに楽しんでいる造りです。

家の中には四人の子供達の机と食卓用のテーブルがあるだけのすっきりしたもの。この机もテーブルもみごとなできばえ、それが生き物のようにあっち向いたりこっち向いたり、机も椅子も踊っているのです。もちろんイサム作品です。これぞ何かを考える、創造する、遊ぶ机って感じです。こんな机みたことがありません、なでまわして、いいなあ、いいなあっ。私もほしい！

知的でやさしい奥様の和子さん、あの偉大な秋野不矩《ふく》さんのお孫さんだとなっとくするほどそっくりの長女香貫花《かぬか》、美人の二女群星《ぬるか》、たくましい長男の海《うみ》、かわいい三女青《あお》、家族全員が名前で呼びあっていてそれが自然なのは仙人の南国の家のせいかもしれません。全員ぴっかぴかに日焼けして、輝いてあり、時の流れがゆったりと流れていてああ……健康的ってこうなんだと思いました。

すこし離れたアトリエには描きかけのスケッチがあり、朝捕ってきた魚、オコゼが大きなたらいで泳いでいます。カニもはっている。アフリカのたいこや数々の作品が壁にかかっていて、数々の絵本がここで生まれたんだと思うとこの空気の中に入れていただけた幸せをいっぱい感じました。

亥左牟さん一家は毎日食べるものは海から捕ってくるのです。このオコゼも今日の夕食、食べる前にみんなで海の幸をスケッチ。亥左牟さんは画材はとびっきりのいいものばかりで、「これ使っていいよ。皆お母さんのツケで買った」といってペロリと舌を出す。秋野不矩さんと同じ画材と聞いて私はドキドキしてオコゼを描いた。

食べる分だけ捕ってこられ残さず食べる、なんて神々しいこと。その日は大きなシャコ貝もあり、それを貝のすきまから針金でコチョコチョとくすぐると、貝はくすぐったくて口を開くのでさっとナイフをさし込んでこじあけおさしみにするのです。タコの足はぶつ切りでおさしみ、青ちゃんなど吸盤がほっぺにくっついたのをはがしながら食べます。何もかも南の国にぴったり。おいしい！

夕方になると月の光が海にまっすぐな道を水平線までつくり、引き込まれそうなほど神秘的で、もしかしたら人はあの道を通って生まれて来たのかなとさえ思いました。

毎日海で遊び潮風を心ゆくまで楽しんでうれしい日々でした。朝は波うちぎわをチドリが飛び、夕方は大きなこうもりが西表島に向かって「今夜はおでかけよ」とバタバタと飛んでゆく。大きなやどかりがニワトリのエサを食べにやってくる。やもりがキキーと鳴く。夜はカヤの中でゆったり休まれる秋野一家。毎日がキャンプみたい。自然と共に生きることのきびしさも沢山あるでしょうがみごとに自然の中にとけこんで生活して作品を生み出しておられる姿に、私は本当に深い沢山のことをおそわりました。

そうそうお風呂とトイレは美術館に飾りたいほどの大傑作。囲いなんてなし。天井は空。お月見しながらお風呂もトイレも入れます。五右衛門風呂です。家から出る紙くずやその辺のものでわかせます。何と出版社や作家、画家から送られてくるつまらない本はすべてお風呂のたきつけです。

ハードルは高くほとんどがたきつけになります。私はあの日以来、お風呂のたきつけにならないような作品をと身の引きしまる思いでおります。

秋野一家にいっぱいお世話になって帰る日に、ちょうど沖縄本島で国際先住民族年の記念祭「ニライカナイ祭」があり、ぜひ出席したらとすすめて下さり予定を二日延してそのお祭に参加できました。宜野湾《ぎのわん》海浜公園でのニライカナイ祭は沖縄あげてのお祭で「日本の中で差別をうけてきた沖縄が、世界の中で差別をうけてきた先住民の平和会議の舞台になる。」とあり、そうなんだ……と深い思いにうたれた。先住民は古来から聖なる土地、自然、人間をこえたものに対する敬虔な祈りを大切にしてきました。幾千年もかけて築いてきたこれらの英知から学ぶことなく、今まで人権を侵害してきたことを大国は問われる祭りでありました。沖縄にはそれらの大切なものが生きづいています。お祭に酔いしれた老人も若者も赤ちゃんもあらゆる人々が本物のわきあがる「エイサー」に熱くなり、会場全員で踊った毛遊《もーあし》びの爆発で祭りは終わりました。その日は台風が近づいて風が強くなりましたが、「台風は神の恵み、海を清めてくれる。台風よこい！　こーい！」と沖縄の人々は台風に身をまかせ、堂々と受け入れる。さすがと沖縄人にほれぼれ。といっても台風で何日も足どめされては大変なので翌朝早々に沖縄をたった。

その後空の便は欠航となり本当に冷や汗が出た。でも台風にどーんと身をまかせて、二、三日滞まるのもよかったなあ、こせこせした思いがふっとんで沖縄の人のような豊かな心になれたかもしれない、台風からにげ帰ったはずかしさを感じた。

あれから秋野さん一家は広島に引越され、今度は山の中で暮しているという。又訪ねて山で暮す哲学をおしえてもらいたい、と思ったらやっぱり又海のそばに越された。毎日海をみて夜は浜辺でタイコをたたいたり踊ったりしてすごしました。ほんのすこしだけ海のそばで暮す哲学をおしえてもらえたような気がしました。もっともっと沖縄の深い心を知りたい。行きたい。おしえを請いたい。

森に怪獣が来た!?

九州の山奥の矢部村で「こども愛樹祭」があった。世界の子どもたちから、木を愛する絵や詩、作文を募集して子どもたちと緑のことを考えようという会で、わたしも出かけて行った。

矢部村まで福岡からくねくねと山峡に入ってゆくと、あっ！ 竜が出た！ 怪獣が暴れた！ と思った。山の木はなぎ倒され、食いちぎられ、裂かれて、むざんな姿がぼこっ、ぼこっと、あっちこっち、あまりのひどさに震えていると、これが台風一九号の被害の後と教えてくれた。よく見ると被害はすべてりっぱにそだっている人工林ばかりで、谷間近くの日当りの悪い、まっすぐに育っていない落ちこぼれの人工林は、皆なんとか免れている。そして自然林の方はちっとも被害になんかあっていなくて、きらきらと緑は輝き、いろいろな種類の木の色が美しく調和して、うっとりとする山の姿なのである。木の一本一本がだっこしたり、おんぶしたり、語ったりしている感じで、森のかぐわしい緑の気を放っている。きっと台風のときもみんなで抱き合ってがんばったのかなあ、若い木は老いた木から「根っこもしっかり伸ばさなきゃ、人に見えないところもがんばらねば」と教えてもらったりしたのかな、上に進むことしか考えなかった人工林は、山ではエリートいばりしてたのかなあ……と自然林のたくましさを感じながら矢部村に着いた。

子どもたちの作品は感動的ですばらしく、森や木のことを描いてみたい、書いてみたいと思ったときはもうすっかり木と友だちになっているみたいで、どの作品からもほとばしる力強さがあった。わたしには大好きな木がある、大好きな森がある、大好きな山があるってことがどんなに幸せなことかあらためて思った。皆で好き好き大好きと言って、山が、木がぽっと顔を赤らめるぐらいに叫んでぶなの木に抱きついてきた。

ピーターラビットになった気分で旅をした

ポターの研究家吉田新一先生や福音館の斎藤惇夫さん方とビアトリクス・ポター（『ピーターラビット』の作者）やケネス・グレーアム（『たのしい川べ』の作者）の作品の舞台を歩く英国の旅をした。

毎日がとびっきりののセミナーを受けながらの旅で、出席者は勉強熱心な方ばかり。メモをとり、写真を写し、資料の本を求め、しっかり学んでの旅だった。

私はといえば、ただただボーっとするだけで空気とニオイだけを感じて来ただけ。特に『たのしい川べ』はもう好きで好きで、川ネズミやモグラやヒキガエルになった気分でヒョコヒョコそこを歩いてみたかったのだ。そしてポターのアヒルのジマイマや、子ネコのトムに会いたくって参加したのだ。世界中で愛されるあんなかわいい絵を描いてゆけたエレガントな心とナショナルトラストに全てを注いだたくましさの原点を知りたかった。うれしさのあまり回りのことは何一つ目に入らないほどポーッとしてしまい、つぎつぎと失敗ばかり。うっとりしてホテルに帰るものだから、おふろをあふれさせ二〇〇ポンドの罰金を請求された。部屋をまちがえたり、持ち慣れないカメラは、ぶつけて壊してしまったり、みんなから「どうしようもない人を連れてきたものだ」という目で見られ、恥じいりながらも、喜びの連続であった。

一〇〇年前の作品の舞台が全くそのまんまの姿で、何もかもそっくり残っている。そして同じように生活が営まれていることに心を打たれた。作者たちは、幼児期の生活の場や体験から多くを吸収し、全ての感覚をあふれさせ、心をみなぎらせ、感性をつくりあげ、作品につながっている。そのことに目をみはった。

ロンドンから湖水地方を巡って、エジンバラまでの十日間の旅を終え、一行は日本に帰れたが、私はひとり残って英国の旅を続けた。言葉もわからぬ地で、いつ迷子になるか、目的地に行けるだろうか、と不安と恐怖と期待を感じながらの旅は、まるで子どもの初めてのひとり旅と同じだった。その点では、子どもと同じ心でものを見つめ、感じる旅ができたのではないかと、ちょっと満足している。つまりたどたどしい道草ばかりの旅をした。

モグラの旅の気分で

豊かな児童文学作品を生み続けているイギリスを旅することができた喜びでいっぱいです。大好きな作品の舞台に我が身をおいて、ウサギやモグラになった気分で彼らの足取りと同じようにヒョコヒョコと歩いてみたり、その地の風や光を感じてうっとりしたいとの願いはすべてかなえられました。ボーッとした私がポーッとするものですから大変です。その他モロモロの事は失敗ばかり。

そんな私がエジンバラに残って一人旅を続けるというのだから、皆様が大変心配してくださった様子で家に帰ると「大丈夫だった？」、「良く無事で」、「その後何の失敗したの？」とばかり言われました。

エジンバラで一人になった私は、まず滞在期間を延ばすために航空会社に出かけました。英語がしゃべれないので大変です。その時助けてくださったのがエジンバラ大学の大学院に留学している日本福祉大学の先生。助かりました。おかげでエジンバラ大学を案内してもらえる幸せにも恵まれました。大学の近くに大きな書店があり、子供の本も品ぞろえが素晴らしく、店の方も親切で時のたつのも忘れてしまいました。それから足の向くまま歩いていると古地図店を見つけました。世界中の古地図の見事なこと、美しいこと、その時代時代の世界観が伝わって面白く、なんとも不正確な地図の方が自然に対する恐れ、美しさをしっかりと見つめているようで色々なものが伝わってきて、また別の旅をしているような思いでした。古いスコットランドの地図を求めました。また次の日、トコトコ歩いていますと「子供博物館」の前に出ました。イギリスの子供に関するありとあらゆる資料が集められそれは見事でした。おもちゃや人形、洋服、本、子供部屋の品々、食品から生活まで様々な子供に関する資料に感動しました。そのどれもがあったかく優しい気持ちに満ち溢れました。その日はそこで釘付けになりました。そのほか美術館などを色々行ってみましたがエジンバラはテコテコ散策するのには嬉しい町でした。エジンバラを歩いた後ロンドンに帰ってきました。

ロンドンではキューガーデンのそばに住む友と下町のウェルシャムに住む友のところに滞

在しました。キューガーデンの友はお屋敷に住み夢のような生活。私はポターが馬車でキューガーデンを横切った生活のことを思い浮かべながらくつろぎました。ウェルシャムの友はロンドン生活二十年の画家なのですがもう彼女に会って本当に心が洗われました。質素でありながらもなんとも清らかな心で、その町で本当に純粋につつましく生活をしていました。でも彼女は「ポターたちを支えてきたのは底辺の人々の生活があったから底辺の人々の子供のことも忘れないでね。ポターと同じように感動し、能力があったにもかかわらず……貧しいゆえそのような表現をするチャンスがなかった子供もいたことを……」と。私はもう一つのイギリスを見ることができました。

それにしても今度の旅は、素晴らしい吉田新一先生や、斎藤惇夫さんをはじめ個性的で知的な旅を共にした仲間から何と多くの賜物を与えられ教えを受けたことでしょうか。旅をしてまた元のところに帰ってきたのですが、ほんの少しだけ帰ってきた場所を移したみたいに思えます。そこに爽やかな風が入ってくるような気がします。旅はほんのちょっとつながらないサークル。そしてその風の何と心地好いことか。

だから旅っていいなあと思うのでしょうか。

市場を歩いて元気ピンピン

中国を二十日間あまり旅して帰った。ツアーではなく、大学生の息子や娘にくっついて、リュック背負って汽車やバスに乗ってノロノロと、そして歩いてトコトコの旅である。まるで苦行の旅、でもいろいろな出会いがありうれしかった。

旅での楽しみのひとつは市場。活気あふれたざわめきとときめきに魅せられ、どの町でものぞいた。人々の暮らしや人情に触れ、ワクワクする。日用品はプラスチック製品が増え、昔ながらの素材を生かした品が少なくなっていたが、生鮮品に感動した。どの市場も近くの農村からとれたての野菜がところ狭しと並べられ、どれも季節のものばかり。虫食いもあるし形もふぞろいだが、新鮮美味な輝きを放ってなんと野生的ないい香り。魚はピチピチと跳ね、肉は足がついたままのような塊か、生きたまま足を縛られたニワトリ、アヒル。うずらが竹のかごにぎゅうぎゅう押し込められて鳴き騒いでいる。カエルにスッポン、ウナギにヘビとそのバラエティの豊富さにもうなってしまう。

夕ごはんにとニワトリ一羽ぶら下げて行く人。「うずら五羽ちょうだい」と言っている若いおかあさん。さてどうやって持って行くのかなと思ったら、人のよさそうな鳥屋さんは一羽ずつつかむと、手でキューと絞めてさっと熱湯につけ、あっと思う間に毛をむしって、ぶらりとなったうずら五羽をこともなげに手渡した。こうして食しているんだとわかっていても、ドキリとたじろぐ。

皆その日に必要な量だけ、竹で編んだ買い物かごに入れて買って行く。どの店も昔ながらのてんびん量りを使い、目盛りを分銅がいったりきたりして、店先で値段の駆け引きをしている。そして小さいタケノコ一本おまけよと入れてくれたり、にんにくひとつかごに入れてくれたりする。いいなあ、いいなあ、野菜たちの新鮮な気が、なんだかぐーんとそこに集まる人々の体中に入ってくる感じで、わたしまでが生き生きしてきた。

ボローニアへ

イタリアのボローニアで毎年春に開かれる「ボローニア児童図書国際展」に行って来た。今年は日本の絵本の原画が特別展示され、イラストレーターのトークセッションもあるというのでどんなものか、かねがね一度ボローニアに行ってみたいと思っていましたし、『おかあさんがおかあさんになった日』も出版社から出展してくれた。

ＪＢＢＹの方や画家の西巻茅子さん、岩村和朗さん、西内ミナミさんや編集者、大学の先生、司書の方等バラエティにとんだメンバーでとてもたのしいツアーでした。

ルネッサンス、フィレンチェ。ミケランジェロ、ボッティチェリ、ダ・ビンチ、フレスコ画、もう帰りたくないよお……。中世の街がそのまま美術館になったような古都フレンチェですごしてからボローニアへ。

ボローニアは世界で一番最初に大学のできた街、中世の美しい回廊と中庭がそのまま残っている。ブックフェアの会場には世界中の人気のある読みつがれている本や、一番新しい本が展示されてあり、今一番活躍のイラストレーターの絵が国ごとに展示されているコーナー等もあり、各ブースでは、買いつけの出版社の人や、売りこみの絵をかかえた若いイラストレーターなどでにぎわっており、全てを見て歩くにはとても大変で、心ひかれるブースだけのぞいて歩き、新鮮な絵本やめずらしい絵本にドキドキしました。

二十年近く毎回通っている方の話では、いい本を出している小さな出版社のブースがこのところ消えて、大きな出版社になり、読み物が少なくなって仕かけ絵本が多くなった、とか。

ボローニアも時と共に変わっている様子、一日目の夜は出席者全員のパーティがあり、私達は全員で参加、一度ホテルに帰っておめかしをして皆で華やいで出かけました。

二日目はイラストレーターのトークセッションがあり、西巻さんが日本美術家出版連について話をし、今回出席のイラストレーター全員を紹介して下さり、そのとき私もちょっとだけ農業小学校の絵本の話をしました。岩村和朗さんの創作の話や荒井良二さん、飯野和好さん、小野明さん等の話も、もりあがり、又展示された日本の画家の絵をみて参加者は「日本の画家の絵は視覚的でバラエティにとんでいるのに驚いた。われわれの持つ日本の絵のイメージと大きくちがう」と感想をいっておられる方が多く、日本の絵本についての情報はまだまだない様子でした。

ただ視覚的な面を重要視された感じが会場内にあふれ、一冊の絵本としての世界のたのしさ、おもしろさの、文学的な面をもふくめた展示の仕方ではないのでもどかしさがありました。ボローニアに三日間いて、第二の目的地、ミュンヘン国際児童図書館へ飛びました。

ボローニアからドイツのミュンヘンにとんだ私達は郊外にあるミュンヘン国際児童図書館を見学した。四月でも外は雪。寒かった。

ミュンヘンは地理上ではヨーロッパの中心にあり落ちついた文化の香り高い都市でヨーロッパの人々が一番住みたい都市の第一にあげるところとか。そこにある国際児童図書館は小さなお城がそのまま図書館になっておりうっとりするような雰囲気につつまれている。

何度か来日されたことのあるボーデ館長は子どもの本に対するたしかな芸術的な目と思い入れをお持ちで、館長自ずから、とっておきのすばらしい古書のコレクション（『ロビンフッドの冒険』や『長くつ下のピッピ』の初版本や原画など）をみせて下さったりこの図書館の説明をして下さったのです。

ここはジャーナリストでユダヤ人のイエラ・レップマン夫人が世界の子どもの本の展示会を国際児童図書館にしようと決意し、ロックフェラー財団の援助とこのブルーテンブルグ城を、しぶる文化庁からゆずりうけて一九四八年に設立されたそうです。そして又一九八三年になんと今の地にこのお城をそっくり移転して復元されたと聞いておどろいてしまいました。蔵書数は五十万冊近くあり、また古書のコレクション、雑誌、ポスター、原画や、貴重な資料なども所蔵されてあり、お城の姿をそのまま変えないために地下に収蔵庫を作っているのです。そのこまやかな心くばりにはほれぼれするばかりで迷路のように入りくんだ小部屋が元貴族の寝室だったり、食料庫だったり酒蔵だったりで見学していてもゾクゾクしてしまいます。

児童室やアートスタジオもあり美術の先生から絵や工作を習ったりしていました。その子供達の絵の何とのびやかで明るくてたのしそうなこと。こんなところで一日すごす子供達がうらやましくてたまりませんでした。

展示室にはケストナーの遺品などが飾られたコーナーもあり、研究室、書庫、事務室等どこをのぞいてもため息が出るのです。

又外国からの奨学生を一ヶ月間受け入れる制度もあり、ここで奨学生として三ヶ月研究をし、その後ベルリンに在住している『ボルビー物語』の作者の那須田淳さんも現れました。原稿を私達一行の編集者に渡すためです。かっこいい。海外で創作活動され、海外まで編集者が原稿とりに来てくれるなんて、ドイツが舞台の作品？「いや日本の時代物書いている」と笑う。ああそうかもしれない、私もミュンヘンで『お江戸の百太郎』の絵など描いたら江戸がもっとすてきに描けるかしら等と思ってしまった。

児童書の国際的な収集と資料の収蔵は研究者や専門家の絶賛をえているだけあって本当にすばらしい。絵本には国境がない。ああ、三ヶ月間なら家出して私も奨学生になりたいなあと、皆んなでその夜はおいしいビールをのみながら帰りたくないねともりあがったのです。

メコンの黄色の優しさ強さ

ラオスに一ヶ月近く滞在した。絵本と紙芝居のセミナーのあと、私はメコン沿いの小さな「つぼの村」に通った。

オカミさんはロクロを廻し、亭主は粘土を積み上げて大きな壺を創る。ロクロを廻すオカミさんの胸でくるりとお尻を出してオッパイを吸ってものづくりのそばで育った子どもたちは、強烈な個性と野性的なやさしさを持ち、実に輝いている。

観光ではなく、友達になりたくて来ていることがわかってもらえたときの互いの喜び、ことばの通じないことが、何とか相手の心をつかみとろうと、目と目で交わす心と心の結びつきを深くした。

子どもたちが小さな苗木に水をやっている。

「木を育てているのね」というと、「違うよ。水をあげると、木から天の精霊に伝わっていくからあげるの」。

私は、このことばに魂がふるえた。一本の木や花を神のものとして、ちゃんと見ているんだ。

ラオスは雨季に入り、すごいスコール。全てを洗い流し、体についたものをみごとにそぎ落とす。いいかげんな魂も見せかけの個性もそぎ落とし、そのものをむき出しにする。こうした中で育った木も草も人も個性的で野性的である理由がやっとわかった。

そしてメコンの川に身を沈めて、その怖さと黄色い土の優しさを知った。アジアの民は黄色人種といわれるけれど、本当は黄色という優しい魂に染められた民ということかも知れない。子どもたちの服も黄色い土の混じったメコンの水に染まっていく。人も自然も当たり前のように共存している。本で学んだのでなく、体で感じとって身につけた強さは生きることへの真剣さを感じる。そして生活はシンプルであるからこそ味わい深いことも教えられた。

絵本・紙芝居セミナーでは、創作という内面的な問いかけを通じて、新たに何かを生みだそうとするエネルギーが伝わってきた。新しいメディアは魅力的なだけにその中にある文明という野蛮さもしっかりとある。いいと思うことが、本当はそうでないことの方が多いのかも知れないということを問いかけられたラオスでの日々だった。

「ホンナムサン」

ラオスでのこと。メコンを渡って小さな村に行った。その村の学校は竹を編んで作った簡単な学校、でも風通しはいいし、村の人達が心をこめて皆んなで創った学校なのです。ちぐはぐの長い机も椅子も、やぶれかかった壁も何とも味わいがあってうれしい。学校にはトイレはない。子供達は草むらに入って用をすませて帰ってくる。私にも行ってこいと私の手をひっぱってくれる、一年生ぐらいの小さいけど私より何十倍も勘のするどい野性的な女の子。実にたのもしくいろいろおしえてくれる。「ホンナムサン」（トイレどこ？）である。

トイレの事情は国によってさまざまで、排泄《はいせつ》するという行為をしみじみ考えさせられながら草原のトイレはチクチクと私のオシリと心をくすぐる。

今のウォシュレット付きの水洗トイレになれてしまった体は排泄するという意識がとても軽やかでブルンと顔を洗うのと同じような感覚でああさっぱりしたと終える。ニオイの方も換気装置があるから私はニオイなんてものは一切出しておりません等という顔をしてしまえるし、落とし物をさらっと流し、出したものにもしらんぷりできる。

ところがラオスの田舎を旅して、排泄することは命がけであるから、命がけを重ねていると排泄ということの尊さをつくづく思う。

ニオイだって囲りにただよわせるので自分の内面のイヤラシさもおもい知らされる感じさえするし、目に見えない何かに頭を下げたくなってしまう。だから次には心身ともにすなおになって健康な輝かしい香ばしい物を落としたいと身が引きしまるのだからすごいよ。

子供はウンチやおしっこが大好きで絵本でもウンチの本は大人気。やっぱり子供はエライ。ウンチそのものよりもきっとあの排泄までのお腹のぐるぐるや、つっぱったりのドラマにおどろき、体中で感動的だと思うから、全てがおさまった結果の落とし物は宝物のように輝いてみえるし身内のようにいとおしく感じてしまうんだろうなあ……。それと同じようなことを原始的なトイレで用をすますとしっかり感じとる。トイレが立派になるだけ排泄にともなう精神的な深みがなくなって行くことに気付かされた気がするなあ……。

うちのネコだってウンチのときはあの真剣な顔、何者も寄せつけないような目つき、そして何ともみっともないあのはじらいを伴った姿。きっと動物は動物にねらわれないように命がけでやっていた排泄行為だし、ウンチは言葉だし、ニオイはなわばりを示すもので大事な役目だものと思うと、人間って小さくみえるなあ。囲いの中でトイレするのってずるいよね。

小さなつぼの村の大地で太陽にてらされながらのトイレは沢山のことをしっかりとおしえてくれる。ほんと、ほんと、ウンとうなずいてほしいよ。ねっ、ウン　ウンってね。

エホン、ゴホン

はじめての絵本

すばらしい出会いのおかげで、この数年、児童文学者・山下夕美子さんや、門司秀子さんの作品の絵を担当させていただきました。『ヒコクン』『きらいだいすき』や『とうさんとこえた海』など。喜びと戸惑いの中で、心を震わせながら描いてきました。どの一冊にも、深い思い出があるのですが、もう一冊、私のはじめての絵本が『とうさんかあさん』です。

これは、知りたがりやのうちの息子に、せがまれて繰り返し話してやった子供のころの話、その何げない親子の会話から生まれた、手づくり絵本です。たまたま第一回日本の絵本賞手づくり絵本の部で、文部大臣奨励賞をいただき、絵本作家・安野光雅氏や、児童文学者・たかしよいち氏らが「絵本の原点だ。既成の絵本にない新しい意味のある、実にたのしい一冊」

と評価してくださいました。わが家の一冊として手づくりのままにおいておきたかったのですが、とうとう出版させられた本なのです。

そんな本なのに、あるお父さんが小冊子に次のような一文を寄せてくださいました。

「ページをめくると、とうさんかあさんの子供のころの遊びや失敗談がユーモラスに展開、意表をついた結末で終わっています。息子へのプレゼントに求めたのですが、息子に読んで聞かせながら、私は自分の子供のころを思い出してしまいました。息子から〝パパもおねしょしたことある？〟と聞かれて、私自身の子供のころの話へと話題がどんどん広がりました。私どもはついつい大人の側の理屈で子供たちに向かい合うことが多いのですが、自分の中の子供の心で子供と向き合ってみたら、親子の対話も弾んでくる。この絵本には、大人自身を子供時代に連れ戻してくれるような、不思議な魅力がありました」

遊びの中から生まれた本なのにテレてしまいます。

児童文学者の神沢利子さんからも「自分の幼時を語ることから、童話の世界に入ったような私ですから、この本はとてもうれしい。気ばらずに昔が語れますしね」とのお便りをいただき、そのうえ、うれしくも「こんどの絵本はあなたと」と言ってくださいました。今、神沢さんとの絵本を心あふれる思いで描いています。

実は、主人公の一人、わが家の父さんは、この本が出版されたことを知りませんでした。新聞の紹介で知ってびっくり。「君と並んで絵本に登場させられるとはまいったなあ」と、うんとしぼられました。わが家の二人の子への何よりのプレゼントになるからと、辛うじて許してくれました。

子供たちだけでなく女学生さんたちもかなり読んで下さってるとか。これまた、わが家の父さんが知ったら、びっくりすることでしょう。

花びら忌

一九八一年に私は九州から横浜に越して来ました。横浜には児童文学者の長崎源之助先生がいらして豆の木文庫をされていました。先生は、「ようこそ横浜に」といって本当に温かくむかえてくださいました。

よこはま文庫の会の仲間にも紹介してくださり、先生の師・平塚武二先生を偲ぶ〈花びら忌〉にもさそって下さいました。〈花びら忌〉では出席の編集者に、「九州から出て来た絵かきさんなの」と紹介して下さるのです。私は生まれてはじめて〝絵かきさん〟といわれて、ドキドキ、オロオロ、とまどってしまいました。

おやさしくて誠実な長崎先生。お目にかかっても、私はきちんとしゃべれないで、いつもすみっこの方でモショモショしているばかりでした。

『サンタクロースがよっぱらった』（一九八五年、大日本図書）を描かせてもらったときのことです。出版社から電話がかかりました。

「長崎先生から、すばらしい傑作をいただきました。その絵を、あなたにと、どうでしょう。描けますか？」

「はい。いえ……。はい……」

長崎先生が……私に……、夢じゃないかと私はしどろもどろです。

「よっぱらったトナカイが出てくるんですけどね。」

「えっ！　私……トナカイもサンタも生まれて一度も描いたことありませんが……」

それを聞いた編集者の方は私以上にどんなにか心細く、心配だったことでしょう。いつも私はこんな調子でなさけないのです。

先生はきっと、私がどうしようもないからこそ、何とかしてやりたいと思って下さったのだと思います。うれしさでいっぱいです。

だって私ときたら『ヒヨコタンの山羊』のあとがきの、長崎先生の文章そのままなんですもの、どうしようもありません。

「ヒヨコタンが、きみに好きになってもらえたかどうか、ぼくは、とても心配です。なにしろヒヨコタンときたら、足のわるいのはしかたないとしても、豚くさいし、ひっこみじあんだし、のろまだし、その上……」

これを私におきかえると、

「なにしろ、長野ヒデ子ときたら、田舎者はしかたないにしても、絵はへたくそだし、線はたどたどしいし、デッサン力はまるでだめ、その上何んにも解ってない、もちろん期待される〝絵かきさん〟にはほど遠いでしょう。」

となります。

そんな私に長崎先生はがんばりなさいとおっしゃってくださるのです。そのお心に励まされ、本当にありがたいと思いました。

どう描いていったらいいのか何も解からない私はいただいた原稿を何度も読みます。ほんとうに百回ぐらい、それ以上。すると私にもだんだん、見えない世界が絵になって見えて来ます。すばらしい作品は、私ごとき貧しい描き手でも、心をいっぱいに拡げてくれます。もう自分の絵のへたくそなことも、コロリと忘れて、私はよっぱらったトナカイになり、かわいい女の子になってしまいます。

長崎先生は、絵に何も注文をつけられませんで「自由に描いて下さい」といって下さいます。新米の私はそのことばに胸が高鳴ります。

その次に描かせていただいたのが『きょうからようちえん』（一九八七年、国土社）です。このおはなしは、はにかみやの女の子が出て来ます。先生の文章はやさしく、こまやかに表現されてあって、私は「うんうん」とうなずきながら、主人公の女の子とときには長崎先生がだぶり、赤いリボンつけて、スカートはいた、はにかみやの女の子になっている絵が頭に浮かんだりすることもあります。これは先生にはナイショです。

描くっていうことは、このようなすばらしい先生方との出会いを、その心を大切に感じとってゆくことなのでしょうか。

不安でいっぱいだった

岩崎京子作『サツキの町のサツキ作り』（岩崎書店）を手にして私は胸がいっぱいです。岩崎京子先生とは、以前私が九州太宰府に住んでいた頃、福岡県立図書館開館記念の講演にいらっしゃったときに講演のあとの史蹟めぐりバスでたまたまご一緒になりました。

そのとき当時三歳の娘がどこに行くにもいつも持ち歩いていた、私の手づくりの絵本に目をとめてくださったことがきっかけとなり、私は子どもの本の絵かきになりました。あれから十五年、今度はじめて先生の作品を描かせていただいたのです。

この作品はサツキ作りのおじいさんの明治、大正、昭和を、サツキひとすじの生きざまを聞きながら、孫の小学四年の渉《わたる》と妹のこずえが盗まれたサツキの行方をさがします。

おじいさんの栃木弁の語り口の絶妙さを生かしたみごとな表現、花どろぼうを追跡する謎解きのおもしろさ、ぐいぐい引きこまれるすばらしい力作です。

先生がこの作品をお書きになられたきっかけは、鹿沼の小学校の先生から「サツキの話を書いて下さい」と栽培家、研究家、サツキ祭にと案内してもらい、何年も取材しているうちに、ある日サツキ作りの名人、吉成菊一郎さんという魅力的なおじいさんに出会ったことからだそうです。

先生の傑作『花咲か』『ぼたん』等についで今度の植物はサツキです。先生は「花を咲かせる才能をもつ人へのあこがれから、私は花作りが書きたくなります」と言っておられました。又「サツキは庶民の花です。親しみ易い花なので……」とも。私も何度か取材にごいっしょしました。

道中はたのしく、先生からきめ細い、徹底した取材ぶり教えられました。

その事は先生の大作をどう描いてゆけるかしらと、心配と不安がいっぱいだった私を作品の中へと導いてくれました。そのことを大事に思いながら描きました作品それがこの『サツキの町のサツキ作り』なんです。

江戸に行けます

『お江戸の百太郎』シリーズが始まった時のことです。

あのとき「こんどは時代ものを」といわれて、私は驚いてしまいました。とんでもない。時代物など描いたことないのでとまどい、何をおっしゃるんですか、時代考証や時代背景の勉強もしなくては……。しかも、それができても描けるはずがありません。私には無理です、と申し上げたのですが、「できる、できる」と信じられないことを暗示にかけてくださったので、ぼんやりしている私はこわいもの知らずで描くことになったのです。江戸のことも何も知りません。

資料を求め時代考証をかさねるうちに江戸が近くに感じられ、江戸のファンになり、お江戸を求めて、作品の舞台を高速道路やビルの谷間にさがして歩き、江戸の世界にはいってゆけるパスポートを求めまわりました。

ある日資料を探しに近くの図書館に出かけましたら、亀沢町あたりに実家のある司書の方がおられ、(百太郎は亀沢町の長屋に住んでいます)、このあたりの資料は亀沢町の隣町の緑町にある、緑図書館にたくさんあることを教えてくださり、とんでいきました。

そこの館長さんは江戸学にそれは熱心なお方で、まるでお江戸のもの知りのご隠居さんに出会った思いで、色々とおしえていただきました。このうれしい出会いで二巻めの解説までもお書きくださいました。

絵のほうはあれほど時代考証で勉強しても、私が描くと、マゲも「頭の上のおだんごのようなものは何?」「だいこんと思ったら刀なのね。」といわれるような絵しか描けないので、苦労しておりますが、百太郎のおかげでたいへん勉強になり、ありがたく思っております。

ところがうれしいことに、長新太先生が「絵本ジャーナルPee Boo」でこんなことを書いてくださいました。

「那須さんの『お江戸の百太郎』シリーズがある。岡っ引きの千次と息子の百太郎の親子が悪人を向こうに回して大活躍する痛快捕りもの帳であります。今までに『お江戸の百太郎』

『快盗黒手組』『赤猫がおどる』『大山天狗怪事件』なんていうのがある。ここに出てくるお江戸の長屋の様子など、長野さんの筆太の絵は痛快で、読者の心を捕まえる。そんなふうだから痛快捕りもの帳の絵にピッタリ。画家の長野ヒデ子は読者を向こうに回して大活躍する岡っ引きふうのところがある。つまりお江戸の百太郎と同じ、長野さんは痛快な人であるから、ボンヤリ絵を描く筈がない。」とあったので、ボンヤリ描いている私はとび上がってしまい赤面してしまいました。

私はとてもとても、百太郎にはなれませんが、尊敬する長先生からこんなはげましのおことばをいただいたので、これからはせめて百太郎と同じ長屋に住んで……（そう井戸端でワイワイいってるおかみさんぐらいにしかなれませんが……）、描きたいと思っています。

『秋祭なぞの富くじ』の五巻めが谷中、神田が舞台で、次作でいよいよ江戸一周になります。ドキドキしています。百太郎を読むと江戸に行けます。ためしてください。

お母さんとして生まれたんだ

何げない日常の生活の中から心あふれる絵本が生まれたらいいなあ……と願っていました。しかしそれは自分の中から生まれ、自分のものとして醗酵熟成しなければやはり創れないものだと実感していました。

私はぼーっとして、いつも失敗だらけの、子供達に迷惑かけているできそこないのお母さんだけど、やっぱりお母さん……。お母さんになったのでなく、これはさせてもらっているんだ、我が子供に育ててもらっているのだわ。赤ちゃんが生まれたあの感動的な日に私もお母さんとして、やっぱり感動的に生まれたんだ……。このお母さんの気持を絵本にしてみたいと思いました。

赤ちゃんが生まれる絵本は色々あっても、お母さんが語られてない。お母さんとして生まれた目で見つめ、お母さんが輝いている絵本を創りたい、自分のためにもそうしてはげましてやりたいと思ったんです。(だってもう白髪もめだち、体力も弱ってきて、元気がほしいので。それにすこしも言うことを聞いてくれない子供達に、ゴツンしたい思いもあったことたしかです。)

そうみんな誰も赤ちゃんだったし、お母さんから生まれたんだ。それぞれの誕生があったんだろうけど、みんないのちとして生まれてきたことはすばらしい、生まれることがどんなに輝かしいことか、取材を通して感動で涙があふれて止まらなかった。

そうなんだ、赤ちゃんを産む絵本でなく、生まれる絵本でなければ。そんな絵本が描けたらなあ……と思いつづけたのです。

あの輝かしい一日は、病院でのできごとなので、日常の生活のむこう側にあってすこしも解らない。それをただ話すだけでいい。生まれることはうれしいんだもの。

それは、赤ちゃんが生まれる事は、お母さんがおかあさんとして生まれ、おとうさんも生まれ、お医者さんもお医者さんとしての喜びが生まれるんだなあ……。看護婦さんも看護婦さんの喜びが生まれるんだわと思うと、病院の中のあらゆる物も喜びが生まれるんだ。入院中の患者さんだって、それぞれの喜びが生まれてほしいなあ……と思っているうちに、絵が一枚一枚生まれていったんです。

この思いを編集のKさんがしっかりと受けとめて下さり、絵本の中のお医者さんのごとく、私をはげまして下さり、絵本は生まれました。

何だか「生まれた生まれた」ばっかりで、ややこしくなりましたが、それは不思議にも赤ちゃんが生まれるみたいに、「生まれたいよう」って生まれてきた幸せな絵本です。

きっと、これはおとうさまのおかげです。

えっ？　おとうさまって？　もちろん絵本のおとうさんでも、あなたのおとうさんでもありません。そう、クリスマスも近づいたことなので感謝しなければと思っています。偉大なおとうさまに。そう思っております。

だってこんなにも沢山の方々からこの本の感想が寄せられるのです。そしてそのみんなが「これは私のこと、私の絵本だ」っていって下さるのです。そう、これはあなたのことが絵本になったんですもの、そうそうその中に「ぼくはかねてから妊娠にあこがれていましたがこの絵本でニンシンの体験ができました」というおかしい男の方からのお便りもありました。

あなたの大切な絵本になってほしいと祈ってます。

たいこさん今度はどこへ行くの

長新太先生、杉浦先生ありがとうございます。『せとうちたいこさんデパートいきタイ』を「Pee Boo」の「この一冊」にとり上げて下さって、うれしくってとび上がってしまいました。ところが「現場からのWORKS NOTE」を書けとあり又々とび上がってしまいました。まな板のコイならぬタイです。修行がたりないのでバタバタとはねております。何にもないのです。

私はいつもボーッとしているので練りに練って考えてゆくような絵本創りをしたことがなく、何だかやっているうちにこんなになってしまった……けど、って感じで仕上がって、とてもいいかげんなようで、はずかしいのですが……。

身の回りの何気ない生活の中から、生活をこえた何かほっとするような絵本を創れたらなあ……といつも思いつづけているのですがなかなかできっこありません。それでもただひたすら思いつづけ、難しいことを考えないで自然な感じでフフフ……とできたらと思いつづけると、そんな私を、しかたないと思ったのか、ちょっといらっしゃいと今回もある日なぜだか、たいこさん家《ち》に行ってしまったのです。

海の中で平安な生活を送っているたいこさん。でも好奇心いっぱいのタイのお母さんで私に「ねぇねぇ、たまには亭主も子どもの世話もほっぽって、のんびりどこかへ一人で行ってみたい。海の中ばっかりじゃあきあきしちゃったの。」とまるで私みたいなことを言うのです。それでつい「たいこさんまかして！」と言ってしまったのです。

だって瀬戸内育ちのお魚大好きの私、タイは何といってもおいしくて美しくってすばらしい。お祝い事にはいつもタイ。お正月も、入学式も、お誕生日もみんなタイを一匹お料理してみごとに頭からしっぽまできれいにいただきます。瀬戸内の春はタイで始まるのです。そんなおめでたいタイですもの、うれしいタイの絵本を創ってみたいと思いました。いえ創りタイです！　そこでたいこさんに何処へ行きたいの？　何をしてみたいの？　と聞いてみますと「デパートに行ってみタイ。アイスクリームたべタイ。おしゃれしてみタイ……。」等と言うのです。私はライブに行きたいとか、バーに行って飲んでみたい等と言ってくれるのかなとドキドキしていたのですが、とてもかわいい子どものような、いじらしいたいこさん。

デパートよりも土のにおいのする市場のようなところのほうがおもしろくって楽しいわよと言ってあげたのですが、しっかりとデパートのチラシなどにぎって、お支度しているのです。

デパートにねぇ……まぁそれもいいか。デパートでお買物をする人間模様も楽しいなぁ。「さあいらっしゃい、いらっしゃい。デパートでお買物を!」でなく、お買物する人や、ブラブラとデパートを歩いている人々の人間ドラマみたいなものを描けたら……それぞれの中にそれぞれの自分を見つけて心がときほぐされるかも、それに子どもたちいつもおもちゃ売場や屋上しか連れて行ってもらえなくって「おりこうにして待っててね。」ってお母さんはうれしそうにお買物しているけど、子どもたちが連れて行ってもらえることのあまりないような売場など描いてみたいなぁ……と思いをめぐらせていると、何とたいこさんはすまして帽子をかぶり、黒いハイヒールまではいて、バッグもって、あらあらトコトコとデパートへ向かっているではありませんか。「待って!」と私はたいこさんを見失わないように追っかけました。

デパートでのたいこさんの喜びようったら大変なもの。何でものぞきます。あれ、お化粧までしてもらって「みずみずしいお肌ですね。」と店員さんにほめられてうっとりしているのです。私は鯛だと見つかってしまわないかとハラハラですが、みんなちっとも気付きません。もしかしたらタイだけでなく、クマさんもキツネさんもいるみたいな気がしてよくよく見回したら、いましたいました、それにまぁ私の存じあげている方々がすましてお買物に来ておられるのです。お買物なさっておられるおじゃまをしては申し訳ないのでごあいさつもしないで私はたいこさんを追っかけました。

エレベーターに乗ったり、エスカレーターで上がったり、下りたり、あっちこっちトコトコ、ところが変なタイだと初めっからちゃんと疑っている黄色い服の男の子がちらちらとたいこさんを見るのです。子どもって何でもすぐかぎつけます。この子は私の絵本『ふとんやまトンネル』に出てくるケンちゃんです。えっ！　私の作品の中の子どもがいるなんてと思ってまたよく気をつけてみると、『おかあさんがおかあさんになった日』のお母さんもお買物に来ていたりするのでびっくりしました。その上私の紙しばいの原画展までやっているんです。私はうれしくてたいこさんにくっついて来たことを喜んでみんなとデパートで遊んでしまったのです。

またトコトコ……。試着してみたり、念願のアイスクリームを食べ、のどにつまらせても、元気にあちこち歩きまわるたいこさん。私は足がフラフラに疲れてしまい、何とか早く海に帰さねば、このまま閉店までデパートで遊んでいてはご主人の「たい太郎さん」にしかられるだろうし、かわいい「こだいちゃん」も待っていることだろうしとハラハラ致しておりましたら、突然いいタイミングで驚いてとんで帰ってくれましたのでほっとしました。

デパートは毎日色々あるんですね。そんなことで絵本のダミーができ上がったのです。

そうそうそのあとデパートは全国にたくさんあるのだから色々なデパートを取材してみたいと思ったのですがどこも取材はだめ。スケッチも写真もお客様にご迷惑をおかけしては申し訳ないのでと許してくれません。ところが幸いなことに編集者の友人にデパートのおえらい方がいらして、取材させて下さいました。お客様の少ない時間帯でならと。でも一つのデパートにはしぼりたくないので苦労しました。

それからタイのことで調べましたら四〇〇種類も色々な鯛がいるのです。でも瀬戸内海をはじめ鯛の棲《す》む海の汚れはひどくなり、鯛も少なくなってしまい、そのかわり「してみタイ」「やってみタイ」「食べてみタイ」「おめでタイ」などのタイの方がだんだん多くなっているとか……。「美しい海で鯛だって鯛らしく生きタイのです。」とタイに言われてしまいました。

そんなことで私はタイの絵本創りに入っていったのですが、一番はじめにまず鯛を食べよう、でないと鯛を描けない（本当は鯛を食べたいだけなのに）と言って大鯛を一匹買ってまいりました。大格闘してウロコギンギンとびちらせて私は上手にさばきました。本当です。絵本創りよりこの方が得意で、おさしみ、鯛のあらい。皮は湯びきにしてサラダに。半身は塩焼きにして、頭は兜煮、しっぽとヒレでお吸い物を作って、中骨の身でそぼろを作って、おすしまで。鯛を一匹みごとにお料理です。えっ！　お料理の話でなく絵本の話を書きなさいですか？　すみません、だってあの鯛の感動的な味の方が大きくて、鯛を食べたら絵本ができたみたいなのです。ごめんなさい。このことはたいこさんにはナイショです。

子どもたちから「たいこさん今度はどこへ行くの。私の幼稚園にも遊びに来てほしい。」とか「たいこさんのお買物はどのページでしたのですか。」とか「たいこさんといっしょに踊りタイ。」「サングラスかけてみるといいよ。」「ターイターイのたいこさん。」と色々なお便りをいただくのでうれしいです。「一日何回でも絵本のデパートに行けてうれしいわ、すこしも疲れなくておばあさんにもうれしい絵本よ。」神沢利子先生からもお便りいただきました。たいこさんまたどこかへ行きタイと言っているのかなと思ったらもう「Pee Boo」に行きタイとやって来ているではありませんか。ほんとにびっくり。

抱きしめて『狐《きつね》』

新美南吉の作品『狐』（偕成社）を絵本にしました。この『狐』はあまり知られていません。私は南吉の作品の中で一番好きなのがこの『狐』。子どもの心象風景が見事に表されていて抱きしめたくなるようなすばらしい作品なのです。

実をいうと私は南吉の美しい文章がまばゆすぎ、土くさい情の深さがあまりにも覆いかぶさってくるようで、だめな私は逃げ出したいような気がしていやでした。南吉よりも賢治の方が好きで読み返すのも賢治ばかりでした。

ところが十年前南吉の『あめ玉』という短編の絵を担当して心は一変しました。南吉を読みかえしました。

私が心ひかれたのは今まであまり知られていない作品の方なのです。私の父も南吉と変わらない若さで、時代も同じ頃に亡くなっており、その事も私を強く引き付けました。『狐』は『ごん狐』『手袋を買いに』と並んで、南吉の三大狐話と言える作品なのですが、これまで一度も単行本にも絵本にもなっておらず、私は絵本にして大好きなこの作品を知ってもらいたいと思いました。

取材をし何度も読みかえし行間と行間とにある作者の書かれていない世界を模索していくうちに南吉がとても新鮮に輝いてますますとりこになりました。南吉のふるさと半田市の方や新美南吉記念館の方も舞台風景や風俗などの考証に協力して下さり町並み、祭りの賑わい、人物の表情などに南吉の世界の温もりを描けるようにと心を重ねてゆきました。

『ごん狐』や『手袋を買いに』は南吉の十八歳から二十歳にかけての作品です。構成もストーリーもこれから作家になろうとする意欲的な若い南吉の心がビンビン伝わってきます。でも、この『狐』は南吉の亡くなる二ヵ月前昭和十八年一月に書かれた最後に近い作品です。結核で二十九歳で亡くなった彼は今も半田市に残っている生家のゲタ屋さんの小さな部屋で、死期の近づいていることを感じながらあふれるような思いで、何の作意もなく書いたのがこの『狐』と思います。心が洗われるような幼い子の内面をこれほどまでに表したものはほかにないでしょう。

南吉にとって母の愛は生涯のテーマでしたし、死を目前にして孤独だった少年時代から求めて止まなかった理想の母親像を完成させようとしたものではないかと言われていますが、私はどんなことにでもフンフンとしっかり子どもの話を聞いてあげているお母さんのもうそれだけですごいと思ってしまうのです。

この絵本が出てから、「こんな作品が南吉にあったのを知らなかった。いい作品だね」とか「お母さんといっしょに読んでもらいたい本だね」と言う声や、「絵が作品とぴったり」とうれしい言葉や手紙、そして小学校の先生からこんなお便りをいただきました。

「学級崩壊がとりざたされていますが、本当に今の子どもたちは愛情に飢えています。女性が自立し、子どもより自分の人生の方にウエイトを置く母親が増えたせいか（喜ばしいことなのですが）子どもの心が空洞になってしまっています。子どもが荒れているときは『しつけ』が足りないのではなく『愛』が足りないんだと思います。文六ちゃんのお母さんのように全身全霊で子どもを愛しく思う心があれば教育の現場でとりざたされている問題の多くは解決できるのになあ、神戸の事件の子どもも文六ちゃんのお母さんのような切ないまでに抱きしめてもらえる親子関係ならここまでの惨事を起こさなくてもすんだのにと思えてなりません。毎日だっこ、だっこ、学級通信でお母さんの宿題は『だっこ』と書きました」

なんてすてきな先生なんでしょう。思えば私もだめな母親だったなあ、しっかり抱きしめてやれる時期ってほんのわずかしかないんですもの。誰だって抱きしめられることはうれしい。森のみどりに抱きしめられるとか、自然に抱きしめられるとか、人々は抱きしめられて育っていくような気がする。

子どもの本の日

四月二日はアンデルセンの生まれた日。子どもたちにたくさんの物語を残してくれたこの偉大な作家に感謝をこめて、この日を世界中で「子どもの本の日」としてお祝いしています。

ＪＢＢＹでも毎年たのしい催しをしています。今年は「子ども読書年」ということもあり、特別たのしい一日にしようということで角野栄子さんがたのしいうたのおはなしとおしゃべりの会を企画され、私もうれしいことに入れて下さり、角野栄子、中川ひろたか、飯野和好、荒井良二、増田裕子と平田明子のケロポンズと私のメンバーで『ヒゲヒゲーズ・フワフワーズ』を結成して子どもの本の日に出演することになりました。私が一番たよりないので「長野さんってちゃんと歌える？　だいじょうぶ？」と全員がハラハラの顔、テーマ曲までもでき、のりにのりました。
前々日の夜、私に「たいこさんの歌」を作曲してくれた中川さんは、うちの留守電に「歌を入れるからそれで練習しろ」とのことで、私は電話機の前で夜おそく歌の練習をはじめたのであります。（実は途中で消してしまったり、留守電に入れるのに受話器をとったりと私のミスでいろいろハプニングがあり大変な笑話があるのですが、それはナイショのナイショ）
当日、魔女姿の角野さん、股旅姿の「ねぎぼうずあさたろう」で現れた飯野さん、キンキラの赤いジャケットの中川さん、カエル姿のケロポンズ、大きなカブト虫になった荒井さんと当日の朝縫い上がった多摩市の文庫連のお母さん製作の「せとうちたいこのぬいぐるみ」をつけて登場、私は足手まといにならぬようにヒレになってしまった足と手をながめてフワフワしながら、デビュー曲を皇后様やかわいい子ども達の前で歌ったのです。タイならぬナマズの地震ほどのものでした。その上、「タイコさん音頭」もつくってくれたので私はすっかり足が尾ビレになって元にかえれないようー。ピンピン。
みんなが「せとうちたいこさんはあなたでしょう？　たいこさん、たいこさん」とよくいわれるのです。それでときどき心配になって足が尾ビレになっていないかと確かめます。ところがそれがあやしい、変だぞと「やっぱりタイだ」と疑われています。

仙人の絵本

またまた出ました名コンビの絵本。いやぁたまがった！　「こいしがどしーん」でなくて「絵本がどしーん」と迫ってくる。『こいしがどしーん』（内田麟太郎文　長新太絵）すごい！　表紙はクジラとタコが山に、ゴリラとカバが海の中。こりゃ何じゃ？　ワクワクしながらページをくると。

「せんにんというのが　いるんだけどね。かすみを　くって、かすみの　へをして……しんじる？　しんじないだろうな」とある。あったりまえさとめくると、「よのなか　こんなだもん」と車とビルとコンピューターの絵。「そうそう」とうなずきながら次のページを開いて仰天した。そのスーパーコンピューターが計算したんだ。「十五にちめの十じ二ふん。

でかでかぼしが、ちきゅうに　ぶつかる……」ってある。こりゃあたいへんだあ！　もうみんなパニック。その絵がもうおもしろいったら、たのしいったら、たまんない。私だってこの絵本かかえて、うちのネコにおんぶしてもらって部屋中とびはねたほどだものほんと。見る方だってじっとしていられない迫力のある絵、地球がこなごなになるんですもの。

ところがそのときだよ。せんにんが……こいしを、ころりところがして……ね。

それで地球は助かるんですよこれが！　信じる？　ほんとなの。いやぁ「こいし」……いえ絵本って地球をもふるわせる力のあるすばらしいものってほれぼれしてしまう。

こんな絵本を創る長新太って仙人！　内田麟太郎も仙人！　仙人じゃないと、こんな絵本は創れない。だってこんなすばらしいナンセンス絵本にであうと体中の細胞がよみがえって、元気が出てほれぼれさせてくれるんですもの。それでいて深い深いものにふれた喜びに満ちあふれてうなってしまう。いいなあ。私も仙人のところに居候したいよお。かすみをくって、かすみのへをして（私はしない）、ぼーっとしてくらしたいなあ。

サラダちゃんおすすめの一冊

うちのネコのサラダちゃんはえらい。三丁目の本屋さんで『魔法の勉強つづけます』なんて本を買って来て勉強しているんです。

「おかあさんにもちょっとみせて」と言ったら「おもしろいところだからいや！　しゅる・しゅる・しゅる・れ・アリス・ム」なんて変なことといって見せてくれない。その上、「先生の名前がフッフッフッ……ああ笑っちゃう」「何なの？　みせて、みせて」「じゃあちょっとだけね」といってちらり。「ええ？　1＋1＝11　2＋2＝22……何なの？『勉強つづけます』なのにこのお勉強まちがっているわよ、そんな本ちっともためにならないからおやめ」「いや！　ためにならないほどおもしろくていい本なの。お母さん知らないの？」とヒゲなどさわっていばる。そして、「あついの反対なあに」と私にテストなどする。「さむい。それぐらい常識よ。その本にもちゃんとそう書いてあるでしょう」「キャッ、キャッ、キャッ、そう答えた誰かさんが釜ゆでになっているところを今読んでいるの」「なに、なに。それでどうなるの？　ますます読みたくなるじゃないの」とのぞきこむと「ゴリラのタマゴ」と書いてある。「ゴリラにタマゴがある訳ないじゃないの、そんな変な本でお勉強していたら、チュウ、チュウネズミのチュー学校の受験にも落ちてしまうわよ」としかっても、「チュー学校でネズミの捕り方勉強するよりも、この本で魔法の勉強した方が、ずーっとネコらしく、すてきに生きられるような気がするなあ……」なんてすました顔でいいだした。

何としてもうちのネコのサラダちゃんに、チュー学校を受験させたい私は、このとんでもない本をとりあげた。そしてよくよくみると、……。あの『こいしがどしーん』の仙人さまコンビの本なのだ。「仙人さまだあー」と私はとびあがった。サラダは「仙人じゃあないの、魔女が出てくるの、とびっきりのナンセンスだよ。前に出た『魔法の勉強はじめます』も、おもしろかったよ」と言うではないか。もう二冊も読んだうちのサラダは魔法つかいのネコになっているかもしれない。

私はドキドキしながらページをめくると、かわいいかおりちゃんと、長新太先生そっくりの格調高いおとうさんの絵が出て来てどきり。ところが……しわくちゃのおばあさん先生の名前がヒデ子だ！　なに！　そのヒデ子先生がかまゆでになっているじゃないの。私は、目玉がとび出た。

長靴クンはけなげでいとおしい

かたづけはとても好き、でもちらかすのはもっと好き。今絵が仕上がってちらかした絵具をかたずけているところ。仕上げたのは紙芝居『ぼくのうちは?』（童心社）で片方のかわいい子どもの長靴がもう片方の長靴のある下駄箱のおうちをさがす話なのです。

このかわいい長靴はとんでもないオサイフやレイゾウコにも一応ちゃんと「ぼくのうちですか?」と聞いてみるからすごいのよ。その度に新しい出会いがあり発見があるんだもの。ひょっとしてオサイフが何かおごちそうしてくれるかも知れないし、レイゾウコだって「お茶のんでいかない?」なんてって、クッキーを食べさせてくれて「クックックックッー」ってうれしくって笑ったりなんて事があるかもしれないものね。子供はエライよ。

大人は絶対に能率よく無駄のないさがし方をするから変なおもしろい出会いは生まれないし、さがす事だけに頭がいっぱいになるからイライラとなりストレスだらけ。けどこのかわいい長靴のとんでもない積極性はけなげなのよ。このけなげさが何ともいとおしい。

ああそれにしてもさがし物ばかりしている私も「たしかにここに……」等と思うとなかなか出てこなくてとんでもない処をさがすとコロンと出てくる。なさけない事ばかり。

ちなみにうちの居間の照明カバーは今おたまじゃくしのおうちになっている。カエルになるまでの借家である。そのおたまじゃくしをながめながら中川ひろたかさんと二人で創った紙芝居だから、ピョーンとおもしろさがとび出る紙芝居になってほしいなあ。

絵本は深い

「日本児童文学」で突然絵本時評をやってみないかといわれた。絵本時評なんて私にできっこない。

とても無理だ！　怖い！　何をおっしゃる！　とにげまわったのだが、「オマエサン絵を描いているんだからやってみな。むつかしい事なんて書けなくていいから、この絵本好き、この絵本おもしろい、と選んでみてよ、絵本大好きなんだろう。」と編集部にさとされて、頭の悪い私は単純に、「えっ！　ホント？　絵本は大好き、好きな本を選ぶだけでいいの？ワーイ。」とまるで本屋さんで「じゃあ三ヶ月に一度新刊の中から買ってあげるから自分で選んでもってらっしゃい。」とママにいわれて大喜びしている子供の気分で引き受けてしまった。いやあまりにも無責任！　恐い！　こんなことでいいはずないと思いつつも、十二月はじめどさっとダンボール箱で絵本が届いた。十二月まで半年近くもの間に出版され編集部に届いた本である。それを十二月〆切で三月号に掲載といわれて、えっ、全くひっちゃか、めっちゃか、独断と偏見に満ちた、時評なんてものじゃあありませんがお許し下さい。（これは一九九一年の三月号から同年七月号までのことです。私の手元に送られて来た本の中から選んだ書評です。）

ルラルさんのにわ

ユーモラスな線描きの明るい黄色い色調を生かした何ともファジーな絵。発想がゆかいで、大らかでうれしい絵本『ルラルさんのにわ』（いとうひろし・さく　ほるぷ出版）。今年度絵本にっぽん賞をもらっている。さすがあ、すごい。

ルラルさんというがんこなおっちゃん。ご自慢の庭のご自慢の芝生を何より愛していて、手入れをおこたらない。だからだれかが庭に入ろうとすると、とくいのパチンコで追い払ってしまう。ところがある日ワニが入ってきた。パチンコでもと思ったが、怒ってかみついたらどうしましょ。困っているとワニが手まねきをした。「なあ、おっちゃん、ここにねそべってみなよ。きもちいいぜ……」。ワニがこわいのでルラルさんは仕方なく芝生にねそべった。おかしなワニ、芝生にやってくるひょうきんな動物たち、もううれしくて体中の細胞がよみがえるような絵本である。「なあ、おっちゃんこの絵本よんでみなよ」とワニがいっているみたい。

つきよのかいじゅう

『つきよのかいじゅう』（長新太作　佼成出版社）は、いやあたのしい。笑って笑って笑ってお腹の皮がよじれそうで苦しくなるのにまたはじめからめくって笑いたくなる。これはかいじゅうがいるっていうわさの湖があって、十年もテントを張って待っているおじさんがいるの。ある日ついに出てきた！　ボコボコボコボコ、ボコ、ボコ、ボン。もうこれが驚くばかりのわけのわからんもの。ややッ！　と思って次を開いたらもう目だまがとび出るほどおかしいものが出てくる。こんなおどろいた絵本はない！　ふき出してしまう。みてるだけでのびやかで、元気が出る、同じ作者の『つきよ』『おつきさんのき』とかの続きのような、色づかい、おつきさん、湖とおんなじものが出てくるのだけどまた大発見。もうおどろいた。やっぱり長新太天才！　ねえねえ、みてみて、っていいたくなる絵本。笑ってお腹がいたいよお。ボコ　ボコ　ボコボコ、ボコ　ボコ　ボン。

ゆきとトナカイのうた

北欧の高原ラップランドでトナカイたちと共に生きるサーメ（ラップ人）のひとたちの生活を少女の目を通してあざやかに描いた心あたたまる絵本『ゆきとトナカイのうた』（ボディル・ハグブリング作・絵　山内清子訳　福武書店）。神を敬い、自然を愛し、トナカイを愛して生活しているサーメの人々のすばらしい文化が絵から伝わってくる。絵が本当に真心こめて描かれてあって、ラップランドを愛してやまない作者の心が伝わってくる。こんな感動した絵本に出会ったのは久しぶりだ。抱きしめて眠りたいような絵本だ。いつもずっと持っていたい。手離したくないような絵本だ。ブルーと赤とグリーンの調和がみごとなサーメの服はとっても美しく、それがこの絵本の色調をもり上げている。生活ぶりも詳しくたのしい。あの大草原のインガルス一家の絵本版のようである。しかも時代が今なのがいい。ラジカセ、オートバイ、ジープといった現代的な生活の一方で、自然と共存する自分たちの根っこの部分はちゃんと守っている人々がすばらしい。この作者の絵本が日本で紹介されたのはこの本がはじめて、他にもまだ二冊絵本を出しているとのこと。ぜひみたい！

ゆきがくる

絵本は子供だけのものじゃなく、赤ちゃんからおとしよりまで色々な層に向けた絵本が出てきた。またある感性を持つ子どもだけが楽しめる絵本もあるし、ユニークな絵本もいっぱいある。『ゆきがくる』（あさいたかし・さく　福武書店）は子どもからおとうちゃんまでの絵本である。北国の雪のふる日を待つ子供の目で描いてあるが、かあさんの色っぽさ、とうさんは高倉健みたいでしぶくて、いつもタバコをすったり、いやはやコップ酒をのみながら雪かき道具を手入れしていて、何だか演歌が流れてきそう。こんな絵本いままでになかった。それがいい。一家そろって冬の準備をすることで、心が一つになっているあたたかい気持ちが細やかに描かれている。とびらの絵は絵本に出てくる道具が詳しく説明されていて、この道具を絵本の中でさがすのもたのしい。絵を何度もみていると色々な発見がある。北国の生活を静かに語りかけてくれる。演歌の好きなおとうちゃんにもよんでもらいたいようなこぶしがある絵本。

まがればまがりみち・おさんぽしましょ・ちかずくとほら

『まがればまがりみち』（福音館書店「こどものとも」十二月号）『おさんぽしましょ』（すずき出版「こどものくに」十一月号）『ちかずくとほら』（ほるぷ出版）は三冊とも井上洋介作。

三冊ともみんな町をあるいていて想像力をかりたてるリズムのある絵本で、この絵本をみると何だか町を歩きだしたくなる。作者は、日暮れともなればものみな黒をふくみ無用の色を飛ばす、説明の細かさをぬりつぶして心地よくデフォルメしてくれる。そんな逢魔《おうま》が時《とき》がたまらなく好き、といっておられる。まさに絵も文も無用のものをとばし心地よくデフォルメしてあってすばらしい。夕暮れの物みな闇につつまれる寸前の風景って、子供が遊びつかれて家路につくときの、遊びの世界と夜の世界の間の幻想的な世界をもり上げてくれる。そんな世界をすてきな詩のようなリズムで描いてある。

だんまりこおろぎ

『だんまりこおろぎ』（エリック・カール作　工藤直子・訳　偕成社）は、油絵、パステルで色づけした切絵の色づかいと、本の大きさは同じ作家の『はらぺこあおむし』を思わせる。表紙に「虫の音がきこえる絵本」とあるのでドキドキしながらめくってみる。生まれたばかりのこおろぎは、次々と出会う虫たちからあいさつされる。こおろぎもあいさつしたいのだが「こし、こし、こし」としか音が出ない。そんなこおろぎがある日リー・リー・リ・といい声で鳴けるのである。本当に心地良いいい音で！　どうなってんのかしら……と開いたり、とじたり、あんまり開いていると鳴かなくなるんじゃないかしらとそっととじても、また開いて聞きたくなる。その上訳がいい。だんまりこおろぎなんて！

なぞなぞアルファベット

一ページ、一ページ物語が生まれてきそうな絵が描かれていて、次のページへのヒントの絵が隠れているのが『なぞなぞアルファベット』（きたむらさとし・さく　佑学社）。しかもなぞときのおもしろさが、めくることのたのしさを盛り上げる。どのページも色々な音が聞こえてきそうだし、うら表紙までも遊びがいっぱい。コリにこった絵本、それでいていや味がしないで大人っぽいしゃれた味わいもある絵本。この絵本で遊びたくなる。

同じ作者の『ねむれないひつじのよる』や『やねうら』『ぼくはおこった』等に出てくる、トラ、ハシゴ、コウモリ、窓ワクというおなじみの絵が出てくるのがうれしい。センダックもそうなのだが、あるイメージやテーマ、モチーフがくりかえし、くりかえし、本から本へ現われてくることは知られている。それを読みこんでゆくのもおもしろい。

サルビルサ

サルビルサって何なの？　と思ってページをめくっていったら、いやあどぎもをぬかれた『サルビルサ』（スズキコージ作　ほるぷ出版）。まさに戦争の恐ろしさ、くだらなさ、愚かさを絵本にしたものかと思ったぐらい。作者にはそのつもりは無かったにしても舞台は砂漠。モジモジと話すことばも他の国ではジモジモ。サルビはビルサ全くさかさまことばで話をする。ことばが違うので仲間じゃないから一つの獲物を奪いあって戦争にまでなってしまい殺し合いが始まる。サルビと話をする人達も、ビルサと話をする人達も、サルビルサと話せばよかったものを……。サルビルサと鳴く鳥に獲物は持っていかれる。

さかさまことばのおもしろさもある。だがガシュで描かれたものすごく沢山の人達。その迫力はただならぬ怖さを感じる。そして物を奪い合うはかなさをみごとに語っている。色々な読み方もでき、何ともこの時期にこのような絵本が出たことも意味深い。

働く僕ら

『働く僕ら』（太田蛍一作　リブロポート）を手にしたショックはことばではいい表せない。表紙がすべてを語っている。地球を打ち壊す僕ら……。人智のさいはてに……。ショッキングな装丁。ぜひ一度手にしてながめてほしい。目にやきついてはなれない。

二ひきのこぐま

何ともうれしい絵本に出会った。モノクロの写真でストーリーを語った二ひきのこぐまの絵本『二ひきのこぐま』（イーラ作　松岡享子訳　こぐま社）である。もう写真がいい。すばらしい。

自然に撮られたこぐまたちの表情は何ともいえないかわいらしさで、ストーリーもごく自然に流れている。この自然なのがたまらない。二匹のこぐまがお母さんのいいつけを破って林の中を遊んで迷子になり、ウロウロしているうちに、こうしやうまやひよこなどに出会って「おかあさんみなかった？」とたずねてまわる表情が本当によく撮れていてほれぼれする。作者イーラは動物を撮り続けてインドやアフリカを旅した女性写真家。行動的で魅力的な女性だった。本当に撮す側が愛情をこめてシャッターをおしている音まで伝わって来る。

今は写真絵本も色々あるが、この絵本は三六年前にスイスで出版されたはじめての写真絵本だ。圧巻はおしまいのページのこぐまの目。おかあさんもう遠くへ行きませんと謝って約束している目のいじらしさ、被写体に深い深い愛情を示し、細やかな心づかいで技巧的なところは何一つないところが本当にいい。

この絵本、こぐま社二五周年記念出版物で一〇〇冊目の絵本だそう。この日に出版するために大切に大切に、こぐま社設立以前から保存していたものとか。さすがあ、やっぱりあったためて、あったためて出した絵本って、誰が手にしてもすぐわかるんだなあ。あったかい。

のらっこの絵本

『のらっこの絵本』(『さんねんごい』、『はるまつり』、『いねかりやすみ』、『ゆきがっせん』以上菊池日出夫作　福音館書店)は、一九八四年までに出た月刊絵本を新たに四冊にまとめて(内二冊だけタイトルのみ変っている)『のらっこの絵本』として出版したもの。一九五〇年代から六〇年代の長野県南佐々地方の農村の子供達の生々した外あそびの楽しさを実にみごとに描いている。

あの頃は山も川もたんぼも輝いていたし、よかった、よかったと振りむいて懐かしむような絵本なんてものじゃない。その時代は前のことであっても今も子供達と同じ遊びをやってみたくなるような精気が力強い絵から伝わってくる。そして絵本の中でそれが体験でき共有できる力がある。読んであげる親の子どもの頃のことでもあり、共感をもって自分の子供時代はこうだったと会話もひろがりそうだ。絵さがしのおもしろさもあり、絵本の楽しみの全てが満足でき、もうもうこの絵本一日中みていたい。

かさをささないシランさん

『かさをささないシランさん』（谷川俊太郎、アムネスティ・インターナショナル作　いせひでこ絵　理論社）。このシランさんとは、会社でまじめに仕事をし、日曜日にはテニスをし、ビールを飲み、戦争や飢えのテレビを見ると「かわいそうに」と思うが、でも遠い国の人のこと、ぼくとは関係ないと思っているまあ普通の青年。ところがいきなり逮捕される。理由はシランさんは雨の日はぬれて歩くのが気持ちいいからと傘をささない。その「かんがえ」がみんなと違うのがよくないというのだ。どろぼうも人殺しもしていないのにですよ。こわい話。シランさんのようなめにあっている人が世界中たくさんいるそう。報道ではこのような人々の生身の人間としての苦しさ、悲しさが伝わってこない。そこでこのような人々のことをもっと多くの人々に特に子どもたちに知ってもらいたいと、そう願ってアムネスティを紹介する絵本をみんなの力を出しあって五年もかかってできたのがこの絵本。じいんと何が大事なことなのか伝わってくる。

うまれてきた子ども

作者の〝大人も子どももあるもんか〟ってところがそのまんま絵本になった感じで小気味いいさわやかさと子どもの気持ちがよく伝わってくるのが『うまれてきた子ども』(佐野洋子作　ポプラ社)。

今子どもを一人しか持たない、子どもをつくらないとか、生む、生まないと大人の側からみた勝手なことを言っているけど、子どもだって「生まれたくなかったから、生まれなかった」。生まれる、生まれないは子どもの勝手だ！　って言いたいよねえ。わかる、わかる。

ライオンがウウオーってほえても、生まれてないからかんけいない。カがさしても、生まれてないからかんけいない。と大いばりで進んでいく男の子。ところが女の子がケガをしてしっかりおかあさんに抱きしめられてバンソウコウを付けてもらったのを見て、生まれてくる決心をする。子どもにとってお母さんの付けてくれるバンソウコウはこんなにも深いものなんだからねって。これはパンチがある。

やまのかいしゃ

『やまのかいしゃ』（スズキコージ・さく　かたやまけん・え　架空社）は、先に出た『やまのディスコ』の二作目のような絵本。だが全くちがう。絵は『おやすみなさいコッコさん』『どんどんどんどん』の作者。二人は住まいも近くで大の仲よし。それでこんなにおもしろい絵本を創ったからたまらない。お互いにいいところ認め合ってるから一度も話し合いしないで、わきあがるように生まれたというからもうすごい。のびのびとやわらかい、本当にすばらしい絵にうっとり。その上お話が笑いっぱなし。おもしろいし何ともやさしく、うれしいたとえようのない気分になる。心がときはなされるよ。いやあー、ほんと。

主人公の名前はほげたさん。今日もねぼうして会社に出かけて行くのがお昼すぎ、あわてて電車に乗ると何とまあトイレのスリッパをはいたまま。このほげたさんの表情が、電車の窓の風景が何ともたのしい。ほげたさんほどではないけれど、うちのお父さんもパジャマの上にズボンはいて会社に行ったことあった。これナイショ。そして着いたところは山。気持ちいいからもう山の頂上を会社にしてしまう。この絵本を読んでいると誰だって、あくせく働くのやめてほげたさんみたいに、のんびりと山の会社で働いてみたくなる。山の会社といったって、クマといっしょにパソコンたたくんだから。ほげたさんについてゆきたいなあ。とびっきりのナンセンス絵本。

手づくり絵本

おこたの上で家族そろって絵本を作ってみてはいかがでしょう。ワイワイ、ガヤガヤやっていると、その中から生きた会話が生まれますし、それに作る過程がとっても楽しいんですよ。

絵本なんて難しそう、難しいことは苦手、とおっしゃらないで、日常生活をそのまま絵本にすることでも、そりゃあ楽しい絵本が生まれます。

わが家のちょっとしたニュース、例えば下の子の誕生とか旅行など、また子供がふっと口にしたなにげない言葉がヒントになって心を動かすことってあるでしょう。そんな中からテーマがみつかります。モチーフや構成が生活の中で生まれていて、心をとらえるんだと思います。

まず何といっても、そばに子供がいると、その子に作ってやりたいと思うでしょう。子供たちも自分や、身近な者が主人公だったり、日常会話が出てきたりすると、そりゃあうれしいものです。でも「絵本好きの子にしたいから」とか、「さあ今から世界にたった一冊しかない愛情たっぷりの絵本を作ってあげるから、あっちいってて！」なんて力んでみたり、愛情のおしつけなどなさらないで、もっと気楽に、子どもと遊ぶつもりでどうぞ。

身近な人がものをつくり出すということだけで、子供にとってもわくわくすることです。だからといって、「子供に絵本づくりさせると、絵や文章がうまくなるかしら」などと思ったりなさらないで、とにかく自由に作らせてやって下さい。心が自由に解き放たれたときこそ、すばらしい表現をしてくれます。

その方が本の世界に素直に入るきっかけが生まれるんじゃないかと思います。

手づくりだから、その人なりのやり方でよいのです。

何を素材にするのか、だれのために作るのかを決めます。テーマは欲ばらずに一つにしぼり、あれもこれも盛りこまないことです。

でもあまり難しく考えこまないで、世に出すものでもないし、ストーリーがものたりなくったって、絵がまずくったたって平気とひらきなおって作ってみて下さい。でも本当はこのあたりで悩むのが絵本づくりの一番楽しみなところなんですよ。

とにかくここまで来たら、もう紙に向かって描きたくって、きっとウズウズしてきます。さあ描いてみましょう。紙だって画用紙が用意できなければいらなくなったカレンダーの裏でもいいのです。描く材料も自分が一番使いやすいもので、お話の内容にあった材料を使って描くとよいのです。ちぎり絵、コラージュもおもしろいでしょう。本の大きさも、かたちだって自由に決めて下さい。三角の本だっていいのです。

絵本は絵が語るというのがまず基本です。文字も絵の一部と考えて、おはなしの意味を伝えるだけでなく、全体の雰囲気がしっくりいくように入れると絵の方も生き生きします。

できあがると製本ですが、ホチキスやリボンでとめるだけでもいいのですが、せっかく作った絵本です。きっちり製本して大事にしたいし、本の形をしていることに魅せられます。いろいろなやり方で製本してみるのもたのしいです。

自分で作ってみて、初めて今まで何げなく読んでいた市販の絵本をもっと深く読むこともできるし、いろいろなことがわかってきます。さあ市販の本をものまねしない手づくりならではの一冊をぜひ作ってみて下さい。自分の言葉で語れるなんて、うれしいではありませんか。

さんぽの絵本をつくりましょう

いろんな絵本創りたいとはりきっておられることでしょうが、きょうはみんなで同じタイトルで創ってみましょうね。お休みなのでおさんぽなどいいですね。みんなでまずさんぽにでかけましょう。「さんぽ　さんぽ　さんぽ」にしましょう。さあ自由におさんぽに出かけて下さい。

どこへ行っても、だれに会ってもいいですよ。さんぽに出かけたままかえって来なくたっていいんですよ。

のんびり出かけて下さい。いえいえ走ってったっていいんです。さんぽを途中でやめてしまったっていいんです。ストーリーなど考えなくったっていいんです。ただ歩けば、おもいついたままに、どんどんとやってみましょう。

絵は用意したもので描いて下さい。色数は少ない方がまとめやすく、四色以内で描いてみましょう。できる。できる。

どうしても絵が描けないなあと思うひとは、すてきなことがあります。おたのしみに。ないしょでこっそりおしえてさしあげます。フフフ……

(ほんとかなあ)

はやくみんなの絵本みターイ。

金魚さんごきげんよう

カラコロ

小さい頃、夜、父が近くの友人のところへ行くのに私を連れていった。「夜だから」と母が言ったけど、父は「すぐに帰るから」と言った。

暗いのでしっかりと父の手をにぎりしめて歩いていると、「こわいか?」と私の顔を見る。そして、「あそこのかげからオバケがよく出るぞ」と恐がらせて、私がしがみつくのを喜んでいる父。でも、父のゲタのカラコロがみょうに力強く、「お父さんとなら、どこへ行っても平気」なんて、腕にぶら下がりながら言った。

それから半年後父はいなくなった。

ゴソゴソ

五歳のとき、私は大ケガをして長い間歩けなかった。お向かいの幼な友だちのゲンちゃんが「これやるよ」と、紙の、まあるい、白粉《おしろい》の空き箱をくれた。ゴソゴソと音がする。開いてみると、中から、おしろいの粉のついた赤とんぼが飛び出した。
今も、赤とんぼを見ると思い出す。

ほんと?

「お前はぼーっとしている」と子どもの時からいつもしかられて来た。なんでもすばやく答が出せて行動できる人がうらやましい。
大学で美術を教えている友は、ぼーっとしている子どもの描いた線をルーペで見ると、実におもしろいという。ほんとだろうか。「ぼーっとしている子は、それでいいんじゃないか、とつくづく思うよ」といってくれた。ぼーっとしている私はうれしく、やおら元気が出る。

オジサン

こどもが天使のようにかわいく見えるときがある。そんなときは抱きしめて、背中の羽根のあたりをなでてやりたい。ところが次の瞬間、もう悪魔のようないたずらをやってくれ、おしりをひっぱたきたくなる。

映画「ベルリン天使の詩」では、天使は中年のオジサンなのである。この発想がすばらしい。それではオバサンの天使もと思ったが、やっぱり子どもの天使を描いてしまった。

近頃の地球って恐いところだから近づくのじゃないよと神様は天使に言っているのじゃないだろうか。

カミサマ

たまには家族全員で、ワイワイお風呂に入るのはうれしい。でもそんな楽しい日はあっというま。やがて親といっしょに入ってくれなくなる。うっかりドアを開こうものなら、すごい悲鳴をあげる。そのうち、お風呂で髪を洗わなくなり、朝シャンが始まる。そして娘はカミサマ（髪さま）になったと父親は嘆く。カミサマ達はつやつやの髪を風にそよがせて学校へ登校する。

ネコ

「長野さんちのネコはどんなネコ？」

と聞かれ、うれしくて答えようとしたら、そばにいた友が私にかわって答えた。

「声は悪いし、デブで、すこしもかわいくないんだけど、ボケーとしていて、椅子で寝ていると椅子からおっこちるような、まあ、おもしろいネコよ」

他人がみるとそんな風にみえるのか。それとも、私のことをいっているのか。私はうちのネコほど、いい声をしていて、きりょうよしでかわいいネコはいないと思っているのに！　それで表紙に登場！

めい

久しぶりに姪に会っておどろいた。一メートル七〇近くもありそうな、しなやかな身長になって、しかも娘らしくなっていて、私はとまどってしまった。若いっていいなあ。

その上、「おばさん、おばさん」といってもてなしてくれると、なんだか私はいっぺんにオババになった気がして、「Yちゃんが赤ちゃんの頃ね……」と言いそうになって口をつぐんでしまった。そして、背すじをピンとのばして、「おばさんもそんな帽子かぶりたいなあ」と言ってしまった。

ブライダル

先日Y子さんの結婚式に出席した。お人形のようにかわいく、美しい花嫁姿にほれぼれ。いいなあ、若いって。希望にほっぺが輝いている。そうそう、子どもが生まれたら絵本読んでね。いえ、子どもがいなくっても、お母さんでなくっても絵本読んでね。「エホン、エホン」

それにしてもこの前ホームステイしてたオランダのベティがこんなことを言っていた。

「日本の電車はどうしてブライダルの広告ばかりなの？　変だ、わからない、変だ！」と。

がっこう

わが家のすぐ近くに小学校ができた。休み時間になるとワーっと子どもたちの元気な声や、チャイムの音が聞こえ、音楽の時間には歌声も聞こえてくるのでうれしくてたまらない。

今日の給食なんだろうな、宿題忘れた子いるかな。何だかうずうずして、のぞきに行きたくなってくる。屋上にはプールもあっていいなあ、いいなあ、私も新しい小学校に入学したい。でも本当は頭が痛くなるほど勉強させられているのかな。

きんぎょ

うちに金魚とメダカがいる。ネコがいるので心配したが、金魚鉢の水をペロペロなめたりはするが、ちっともいたずらはしない。金魚の方もすっかりなじんで、「金魚！」って呼ぶと、ひれをひらひらさせて「ハーイ」と答える。

小さい金魚鉢の中だけじゃさみしいからと、ビニール袋に入れて散歩に連れてってとさいそくする。「金魚の散歩?」そうなの。袋の中から、「右に曲がって！」「まっすぐ歩いて！」そのうちこき使われるかもね。

モシモシ

電話が苦手である。かけるまで、いつもとまどってドキドキするし、電話をとるのも、声がうわずったりして、かすれ声になってしまう。そのくせ、話していると長電話したりする。

近ごろ、携帯電話が目立つ。電車の中でいきなり「モシモシ…ワッハッハッ…ハイハイ…」と大きな声でやっているサラリーマン風の人。電車の中では、やっぱり使用禁止にしてほしい。なんだかとってもさみしく思ってしまう。

キツネ

すぐ近くの森が、今、消えようとしている。この森にはタヌキもキツネも住んでいる。タヌキの親子が工事現場の土管の中に住んでいて、エサをさがしてウロウロしていると新聞に出ていた。キツネもタヌキも住めない町になってしまって、そのうち「きつね色」なんてことばもなくなってしまうのかなあ。ごめんなさいキツネさん、なんていってても許してくれるはずがない。

ちがう

大ちゃんは小学二年生。うちに来ると、「おい、サラダ。おにいちゃんだよ」と言って、うちのネコを抱きあげる。当のサラダは、すっかり、おじいさんネコである。「年をとることは悲しい。近頃ボケてきたのか、身づくろいもいいかげんで、顔に目やにをくっつけたままでも洗わないし、おもらしもときどきやるよ」と言ったら、彼はまじまじと私をながめた。「ちがう、ちがう。うちのネコのことサラダのことよ」と言ったが、疑っているみたい。

ぽかぽか

ぽかぽかあったかくなってくると、おにぎりでも作って、近くの公園や原っぱにでも出かけてみたい。

なんにもいらない。ぽかぽかのおひさまさえあれば、うれしい、うれしい。

あっ！　たんぽぽ、つくしんぼ、れんげ草などが見つかると、心ほかほか、「春さん　こんにちは！」って歌いだしたくなる。

いいの

ん？　テストの成績がよくなかった？

ん？　留年になったって？

ん？　今年も浪人するって？

ん？　おちこぼれだって？

ん？　また落し物をしたって？

いいの。いいの。みんなそんなことも輝いてみえる日が来るんだから。気にしない、気にしない。だって春だもの。春の女神のおでましよ。いやなことみんな忘れて春をうっとりたのしみましょう。と、自分で自分をなぐさめる。

みたい

子ども会の廃品回収があった。古新聞といっしょに少年ジャンプだのマーガレットだののマンガ週刊誌がたくさん積まれた。出してくれたのは、子どものいない若いサラリーマン家庭。

子どもたちは「みたーい!!」と群がって休憩。なんと生き生きとした顔。いつも学校で頭が痛くなるほど勉強して、そのあと塾でつめこまれている子どもたち、たまにはいいよ、いいよ。

それにしても少年少女向けのマンガ週刊誌を愛読しているオトナ、これがフツウ、？

ソワソワ

うちの裏は小さな森になっていて、みどりが美しい。小さな小川も流れていて、ザリガニなどがいるので、子どもたちのうれしそうな声も聞こえる。そうなると、いつもソワソワのぞきに行きたくなる。すると、私のそばでみはっているうちのネコは、「母と子の表紙かけたの？」とにらむのである。

のんびり

ラッキョの甘酢漬けやうめ酒を作るときなど漬けこんで発酵させ寝かせておく。あれはラッキョが外の世界から自分を覆い隠して自分をたしかめ、自分の価値観で自分を見据えることで、こだわりが時のおくりものをえて、やがて姿を変えて上質のラッキョに自分をかえてゆくのだ。その覆い隠しているところを開くと（のぞくと?)、ラッキョがいやがる。おいしいラッキョが食べられない。ネコでも抱いてのんびり待とう。ラッキョの甘酢漬食べると元気が出るよ。私も発酵して変りたいものだ。

テルテル

昔は天気予報もあまり当たらなかったので、晴と言っても、よく雨が降ったりした。だから、てるてるぼうずは本当にたのもしかった。遠足の前の晩は空を見て、星や月が「傘さしていないかな……」と、よみとろうとしながら、「てるてるぼうずさん、おねがい」だったけど、今はテレビの天気予報の「傘マーク出てないかなあ……」で、てるてるぼうずさんの出番がなくなったよね。「さみしいね」と、てるてるぼうずが言ってるよ。

ぽーぽー

あの元気印の友が「風邪ひいてのびてるー。熱があって食欲ないのー」と、まあ何とも色っぽい、鼻にかかった声。「病気になるとかわいいでしょう」と、ぬけぬけと言って電話は切れた。たまに病気になるのもいいかも。熱が出たら目がうるんで、ホタルがぽーぽーと目の前に飛んでるのかな？　ちょっぴりうらやましい気もするなあ、あんな声なんか出して。と思ったら、ホタルの絵になった。

オヒサマ

毎日、雨でうっとうしい。部屋の中は洗濯物がぶらさがっていてジメジメするし、今は梅雨のまっさかり、気分まで暗くなる。だのに雑誌の表紙は二ヶ月先の八月号を描かねばならぬ。うっとうしい気分をすこしでも晴々させようとオヒサマの絵を描く、子どもを描く、そしてやさしいお母さんを描く。そう、昔、うちの子たちもかわいかったなあと、「おかあさんはもう化石ね」といわれた今朝を思い出す。

ワクワク

子どもはよく木に登りたがる。私も木に登ってうっとりしたいが、オバサンが木に登るときっと救急車がとんで来ると思うので、がまんする。

木の上から見る世界もワクワクするし、木肌から感じられる清々しい木の「気」が何ともここちよく、木にやさしく抱かれる思いがするのを、子どもはちゃんと知ってるんだ。それを忘れた大人は木に登らなくなり、木を切って町をつくる。

だっこ

夏になると団地の公園によく中高生がたむろしてだべっている。かなりつっぱったヘアースタイルに、いからせた肩、手にはタバコとそろっているので、話の中身もどきっとすることを話しているのかと思ったら、

「このネコかわいいじゃん、拾ってってやれよ」とリーゼントの男の子の声が聞こえた。たばこを吸っていた女の子はタバコを捨ててやさしい顔してネコを抱きあ

げた。見てて、抱き上げてもらいたいのは彼らかも、と思った。

うみ

夏が来たのに、今年はぜんぜん暑くならない。地球はおこっているらしい。暑いのは苦手だけど、やっぱり、夏は汗がしたたるのがいい。そしたら海へ行こう。海のそばで育った私は、海が心の中に大きく広がってみえる。

同じ郷里で育った詩人の羽生槙子さんは、「近頃、あれほどよく見ていた海の夢をみなくなった。郷里の海が埋め立てられたのと同じように、なくなった」と言った。海もおこっている。こわい。

あめ

福岡に住んでいた頃、私は、すぐ近くの山によく登った。わが家の裏山は水瓶山といって、昔、雨乞いが行なわれた山。十五年ほど前の福岡の水飢饉の時も、どうにもならないので、いよいよ何百年ぶりかの雨乞いの行事を行なうことになったとき、雨が降って助かった。

今年はどこも水不足。雨乞いは行なわれたのかしら。でも、日本中の山々をこれほど開発して不義理のほどをつくしては、雨乞い山も知らんぷりかもしれない。ごめんなさい。

こいびと

クリスマス、お正月と、うれしいことがいっぱいの冬の街は、かわいいカップルも多い。クリスマスって恋人たちのためにあるのかなぁ……。

恋人といえば、先日、『神沢利子コレクション』の出版をお祝する会がありました。そのとき神沢先生は「作品を書くことで、この年がきても恋人に出会ったような気持にさせてくれるからうれしい」というようなことをおっしゃられた。なんて素敵なごあいさつだろう。うっとりとしてしまった。

ゆき

「まっ白なアルプスが美しいよ」と山国の友の電話の声。いいなあ。山も海も見えないマンション住まいの私はうらやましがる。その山で草木染めの織物をしているAさんから昨年、ソヨゴ、冬青、あかね……等で染めたマフラーを譲ってもらった。とてもやわらかい自然の色はうれしく、山のみえない私はマフラーを首にまいて山を想う。せめて雪でも降ってこないかなあ……と絵に雪をかく。

チュウ

この春からお姉さんは大学生。お隣のゆうこちゃんは小学一年生。みんないいな、いいな。うちのネコのサラダちゃんったら「ぼくも学校いきたいよお!」「だめ、ネコは学校に行けないの」といっても「行きたいよお! ちゅうちゅうネズミのチュウがっこう。チュウがっこうはネズミの学校でしょう?」だって。中学校は誰の学校だっけ? ほんとほんと。

ネムイ

春です。花です。にこにこと笑う花がこぼれるようなすてきな人になりたい……。心の中に美しい花を咲かせるなんて、コレコレと思いながら笑ってもシワばかり。それでも春はうれしい。つくしんぼがわが家のそばの散歩道にいっぱい出てくる。春風を切ってさっそうと歩きたいけど、やっぱり春はぼーっとしながら歩きたい。ネムイね。

おもちゃ

マンションの前の小さな公園でフリーマーケットが開かれた。みんな、家から色々といらないものをもち出して、おみせやさんごっこってわけ。私も参加したら家の中がかたづいちゃうのになあ……と思いながら……のぞいている。だって、たのしいおもちゃが出ているんだもの。使い古したおもちゃって、実に味わいがあるのに……もう遊ばなくなったからかな……。ガラクタ。でも、おみせやさんごっこで生き生き！

テコテコ

中国をテコテコ歩いて旅をした。各家庭にまだ冷蔵庫が普及していないので、その日食べる物はその日穫れたもので料理する生活。だから何もかも新鮮でおいしく、素材そのものを生かした味にほれぼれする。

子どもたちのおやつはひまわりのタネなどが一般的で何と健康的な生活と考えさせられた。私もひまわりのタネを食べながら旅をした。

あっ

北海道を旅した。各駅停車の汽車でのんびりのんびり。野の花の美しいこと。自然のままの川のなんと生き生きしていること。夜は星が美しい。地球にやさしく！と言われるが、冗談じゃない。地球にやさしくしてもらっているのは私たち。と、うっとりして旅していると、あっ、帽子忘れた！　あっ、スケッチブック落とした！　あっ、切符なくした！　と、またやってしまった。

ハイハイ

横浜の野毛で大道芸のお祭りがあった。なんとたのしく、夢中になった。おもしろく、すばらしい芸でなければ、すぐ通りすぎてしまうお客さんを、じっくり引きつけて、拍手かっさいで投げ銭までも喜んで出させるなんてすごい。芸人も見物人も、ぴーんとはりつめた一本のロープの世界をみんなが共有する。あの一体感にワクワク。地べたの世界から生まれるのもうれしい。大道芸だよハーイハイ。

ブナ

黒姫に登った。ブナの原生林の美しさに身も心も透き通る思い。ブナの木に抱きつくとひんやりと心地よい。この芳しいかおり。自然の神々しさに心あふれる。長野オリンピック開催決定のニュースを信州の山々のブナの木はどんな思いで聞いているのかなあと思うと、たまらなくつらくなった。ふとみると、木の下にクマのウンチがあって、もう震えあがって急いでおりてきた。

トコトコ

汽車で二十四時間中国大陸をつっ走って旅をした。車窓の農村風景に心洗われる思いでながめていると、隣の席の中国人は「この地方はとくにまずしい農村地帯です」といった。日本とちがって風景をだいなしにするビニールハウスも、車もなく、ロバがトコトコ荷物を運び、クワで耕しているのどかな輝きに、ほれぼれして、豊かだなあとうっとりしていた私はとまどってしまった。まずしくなんかない！

ブランコ

サーカスを研究したり、楽しんだりしている〝サーカス文化の会〟というおもしろいグループと、カナダのサーカスをみに行った。

カナダには国立のサーカス学校があり、心身共に深いものを学んでサーカスを芸術としてとりくんでいる。今はサーカスも変わった。

六千年もの昔、サーカスは神々へのささげものであり、みえない霊へのなぐさめであったそうで、空中ブランコも、月の聖霊との交信のためのものだったという。色々おしえてもらった。

ピンピン

丹波の八木町の田島征彦さんのアトリエにあそびに行った。

お日さまぴかぴか、すて犬、すて猫がすっかり家族の一員になり、カモにあひるに、にわとりがとびまわり、田んぼに池もあり、アトリエの中には鳥が巣をつくり、ヘビがそのタマゴをねらって入りこんでくる。ドアには、「ヘビが入ってくるのできちんとしめること」と書いてある。おみやげにカモのたまごやダイコンをどっさり包んでくれた。アトリエはピンピン生き生き、ほれぼれ、うらやましい！

えんそく

「春になったらリュックをしょって旅に出ようと思う」。そう言ったのはうちのネコ。

「あら私もつれてってよ」と言ったら、「おかあさんといっしょはいやだなあ。忘れものした！　切符おとした！　色々あるからのんびり旅ができないよ」等と言ってくれる。「しない、しない。気をつける」と私はウキウキともうリュックしょって歩いている気分。

それにしてもうちのネコったら堂々と背すじのばして歩くんだから。旅なれたネコよ。

にっこり

駒ケ根の図書館へ行ったら何と私の絵本『とうさんかあさん』（葦書房）を読んでいた女の子がいた。うれしくって、うれしくって、その子にくっついていた。にこっと笑いながらページをめくっている。なんだか私は顔が赤らんで気はずかしくなってしまった。

この絵本はもう十五年も前に出版された私のデビュー作。うれしいことに今も読みつがれている。自分の本が目の前で子どもに読まれているのに初めて出会って天にも昇る心地の私なのである。

ひつじ

今月はどんな表紙にしようかと思いめぐらせても描けない。夜もふけ、あきらめて床に着いたが、ぎりぎり明日の締切りが気にかかって寝つかれない。……ひつじが一匹、ひつじが二匹……ひつじが九匹！　表紙ができた！　（絵はいつも、自分で描きながらも）どうもどこからかやって来る気がする。それを、ぼーっとして何だか待っている気がする。

はたけ

一年間、今西祐行先生の農業小学校に通って農業をし、それを絵本『農業小学校のうた』に描いた。土にふれると、何と、体中がここちよい。空をみて、風を感じて、星をみて、天気のこと、温度のこと、水のこと、体中でたしかめながら作物と交信する。鳥やけものや、虫とつきあって自然を何と深くみつめられたことか。農業は、自分が耕されることなのだとつくづく思った。

フフフ……

友だちの羽床さんは九州の大学で中国哲学を教えている。でも大学が大の苦手で、「学校へ行きたくなーい」とだだをこねる、なんともおかしい先生なのである。休みともなると、誰が何と言おうと地の果てまでも、哲学をしにトコトコ歩いて旅に出られる。うらやましい。

そして、絵本美術館の館長さんでもある。私の原画展もして下さった。今度、堀内誠一さんの原画展を開催するのではりきっておられる。学校が嫌いで絵本大好きな教授。

いちばん

堀内誠一さんの原画展を観に行った。本当にすばらしい絵に感動し、私は小さな女の子のあの日に帰ったようなうれしさであった。

堀内さんのお嬢様もいらして、「どんな仕事に就こうかと迷っていたとき、父は、誰かのためにする仕事が一番すばらしいと思うよ、と言ってくれました」と、お父様のことを涙ぐみながら語られた。

原画から堀内さんのその思いが伝わって……いまこんな喜びをみんなにあたえておられる。

ほかほか

初めての編集の本が私の描く本という新人編集者の彼は、あふれんばかりの情熱と、子どもの本への思い入れが熱い。輝きに満ちた目と心がすごい迫力で、何とも頼もしい。しかも、子ども時代にたくさんの絵本で育った世代が子どもの本を創る時代になったことも胸いっぱいである。少年時代にどんな本に夢中になったのであろう。名編集者になっていい本を出して！　いろいろ苦労し、とまどいながらも心をこめて、心をこめて創ったその本。ほかほかのできたて、おいしいから読んでほしい。とってもいいお話なんだから。とふれまわりたい気分。

ふるえる

すばらしい手づくりの歌集を手にして心がふるえた。『蒼生』。ページをめくると「蒼生とはたみのことなり、ひたむきに生きしわが過去なればつづりて残す」とある。これは「母と子」の前編集長平湯一仁氏の歌集。

「母と子」がどんな思いで創刊されたか、またそのときの誌代が三十円、「キューポラのある街」が連載されていた……とか、そして何とも子どもが大好きで大好きで、すばらしい一仁氏であられたこととか。共に編集を支えてこられた夫人がワープロを打ち、お嫁さんが装丁・製本された心のこもった歌集。

うまれる

『おかあさんがおかあさんになった日』（童心社）の絵本を創った。「母と子」の九月号新刊案内に本当に私の思いをぴったり書いて、すばらしい書評を載せていただいてうれしい。読んでほしいなあ。

いのちが生まれることはすべてに喜びをあたえてくれる。この絵本が生まれたこともそうであってほしい。「こんな絵本なかった」とか「ぼくもお母さんになりたい」とか、いろいろな感想が届いています。あなたの感想もぜひ聞きたいなあ。首を長くしてまってます。ドキドキ。

オイワイ

『おかあさんがおかあさんになった日』の出版を祝う会をしてくださった。感謝でいっぱい。

「遊ぼう遊ぼう、中国の友人の胡弓でもききながらうっとり飲もう」といったのにやっぱり私はまな板のコイ。料理人がすばらしく、すごい方ばかり一二〇人で、もみくちゃにかわいがってもらった(?)。おかげで白髪はさかまき、目はおちこみ、ヨレヨレになってヨタヨタしているおろかな私。オイワイカイはコワイよ。でもとってもいい会、ありがとうございました。

ケンガク

ボローニアでの子どもの本のブックフェアにJBBYの方や絵かきさんや、子どもの本にかかわる方々と参加した。世界中の子どもの本の今を感じて、本で頭の中がいっぱいになった。

　街に出ると中世の古都は美術品のようで、歩けば歴史の中の人物にすれちがわんばかりで、うっとり。もちろん、ウインドをながめても、はきごこちのよさそうなイタリアの靴が並んでいてこれにもうっとり。帰りにミュンヘン国際児童図書館にも寄って見学した。

ぬく

　今、とても紙芝居が輝いておもしろい。動かない絵がとび出して来る。演じ者の温かいぬくもりにつつまれて、ハラハラドキドキ。全国紙しばい大会が大阪の箕面市であった。

　日本から広がった紙芝居は今ベトナムでも大人気で、ベトナムの紙芝居作家を招いて会はさらに盛りあがり、たのしいベトナムの紙芝居も演じられた。たのしいよ、かみしばい！

ぴょん

画家秋野不矩展を観に静岡の美術館へ行った。講演もあった。インドの詩人タゴールが創った大学に客員教授としてインドで暮し、インドが持つ深い世界を描いている。講演が終ったあと一メートルもある壇上から着物姿でぴょんととびおりられたのにおどろいた。かなりのお年なのにさすがと思った。

インドの細民の子どもたちは絵本などなく、石ころや牛糞で遊んでいるが深い愛をもってこれらにふれている。日本の子どもは絵本に埋まっているが、一冊の絵本も持たないインドの子以上の豊かさをもっているだろうか。せめて絵本はあの石ころや牛の糞以上であってほしいと言われている。私もそんな絵本がつくりたい。

ありがとう

一九八九年より「母と子」の表紙を担当しましたが、今号で最後となりました。「母と子」を私の胸にしっかりとだきしめての七年間でした。

トコトコ歩くのが大好きな私。どこかあなたの町を歩いているかもしれませんし、私の絵本でお会いするかもしれません。みつけていただけたらうれしいです。おめもじたのしみにしています。ありがとうございます。

サラダのおまけ

サラダのお手紙

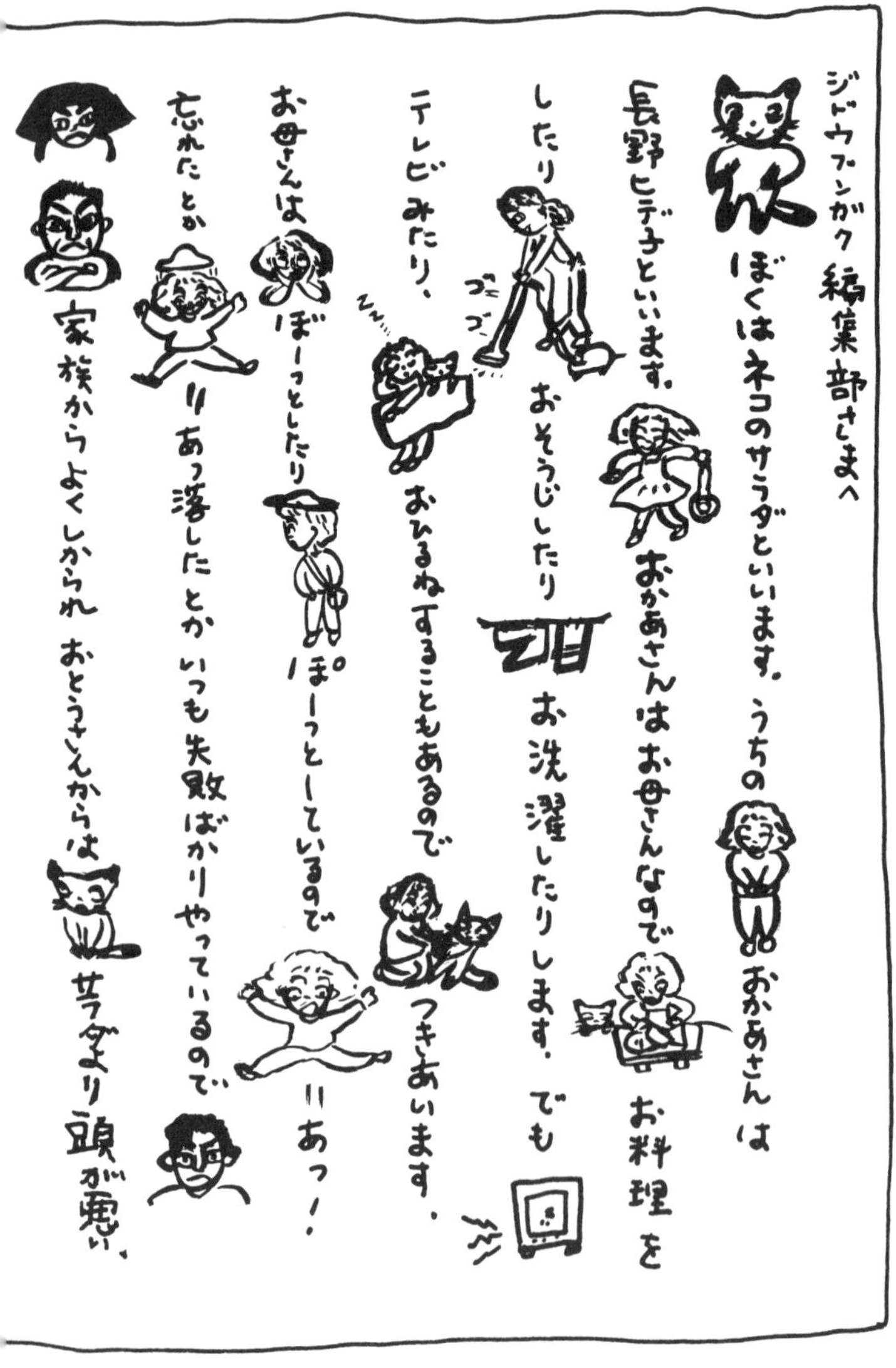
ジドウブンガク編集部さまへ
ぼくはネコのサラダといいます。うちのおかあさんは
長野ヒデ子といいます。おかあさんはお母さんなのでお料理を
したりおそうじしたりお洗濯したりします。でも
テレビみたり、おひるねすることもあるのでつきあいます。
お母さんはぼーっとしたりぽーっとしているので"あっ!
忘れたとか"あっ落したとかいつも失敗ばかりやっているので
家族からよくしかられおとうさんからはサラダより頭が悪い。

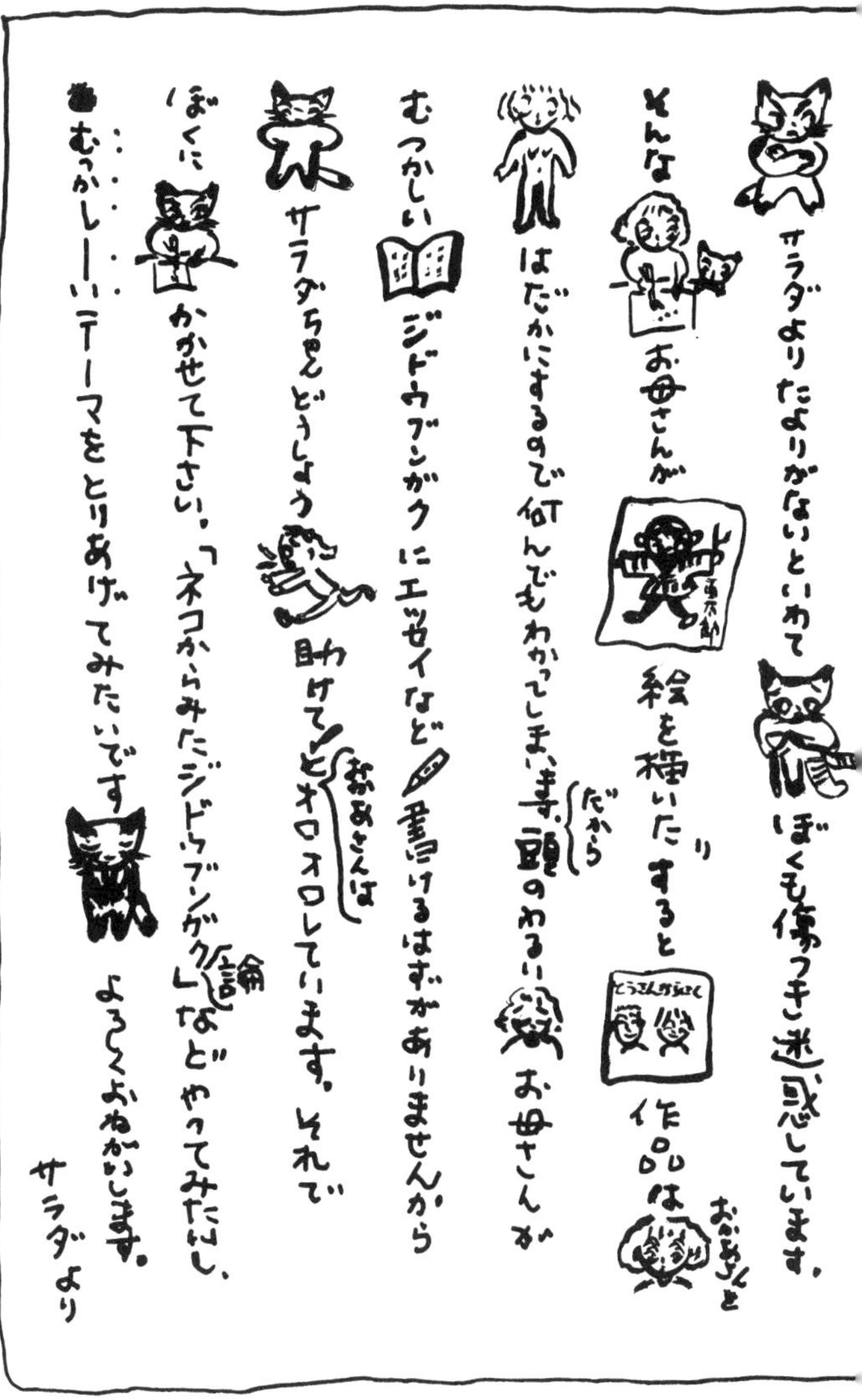

サラダよりたよりがないといわれて ぼくも傷つき迷惑しています。
そんなお母さんが絵を描いたりすると 作品は
はだかにするので何んでもわかってしまいます。だから 頭のわるいお母さんが
むつかしいジドウブンガクにエッセイなど 書けるはずがありませんから
サラダちゃんどうしよう 助けて！と おおあさんは オロオロしています。それで
ぼくに かかせて下さい。「ネコからみたジドウブンガク論」などやってみたいし、
……むつかしーーいテーーマをとりあげてみたいです
よろしくおねがいします。
サラダより

ジドウブンガク編集部さまへ

こんにちは

ネコのサラダです。「ネコからみたジドウブンガク論」をかいてみます。エヘン。

キンチョウするなあ ひげを整えて しっぽをたてて おしっこも
ちゃんとすませてきたけど このキンチョウをほぐさないと 論じないで

ちょっと ヨガでもやりましょう。ジドウブンガクは ネコのヨガの♡こころみたいなの。

それでは (ごいっしょにやりましょう。まず 手をあげて、足あげて、
しっぽをブラーブラーふるわせて (しっぽのはいひとは おしりでいいです。)

次に こうやって ねじります。これができると このポーズ。
これネコめしまえ

こうして くるりんことやってから

くるり くるり

こうなるの。

むつかしいけど あなたがやると こうなるのです。それから まるくなって

めいそうに入ります。そのあと パチリと見ひらいて ワオーっとほえて

とりのように飛んでみます。すると ヨ。ヨロポーっと……

心がほぐれて ジドウブンガクの気分になります。(ならない人もいるよ) さて

ジドウブンガクが よみ手に渡るときは ほとんど 絵がついています。

(へんな絵がついてだいなしこまったとかもある。) 文をかく人は ジドウブンガクの絵をどう思うのでしょうかク～ あっもうページがおしまいだでは又 次に。 サラダ〃

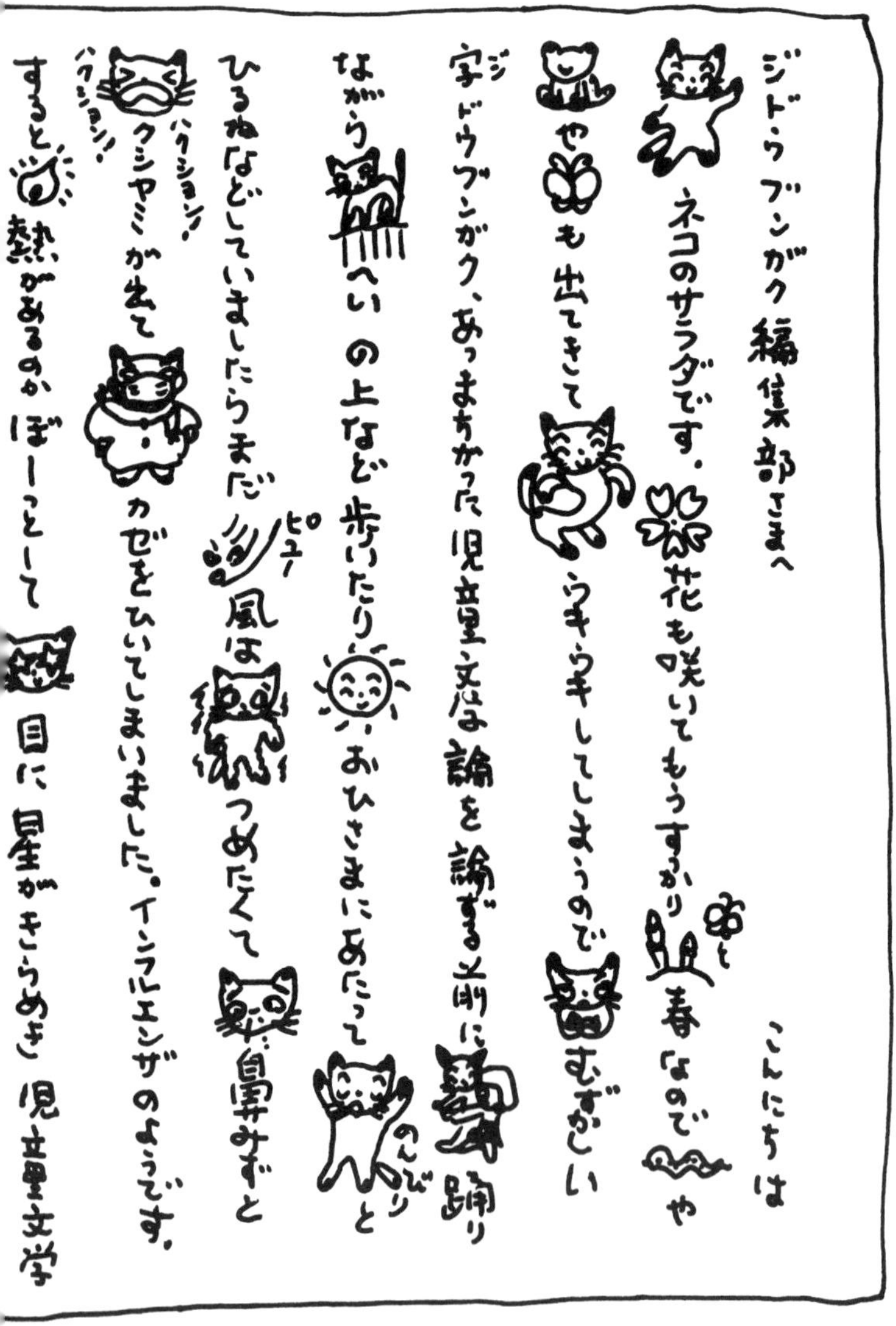

こんにちは
ジドウブンガク編集部さまへ
ネコのサラダです。花も咲いてもうすっかり春なのでや
やも出てきてうきうきしてしまうのでむずかしい
字《ジ》ドウブンガク、あっまちがった児童文学論を論ずる前に踊り
ながらへいの上など歩いたりおひさまにあたってのんびりと
ひるねなどしていましたらまだピュー風はつめたくて鼻みずと
ハクション!!クシャミが出てカゼをひいてしまいました。インフルエンザのようです。
ハクション!!
すると熱があるのかぼーっとして目に星がきらめき児童文学

の未来は☆のごとく輝いてみえるのです

やっぱり熱が高いのかなあ…やっぱりくすりをのんでねます。

うちのおかあさんからも「児童文学論どうしたのよ！」としかられてます。

穴があったら入りたい。でも穴がみつからないのでかゴに入っておわびします。

毎回おさわがせしました。

皆様もコホコホおかぜなどめしませんように。

さようなら

サラダより

「ねんねんねこねこ」ねーこになってあそぼ

1　ねんねん　ねこねこ　ねんねん　ねこねこ
ねーこ　の　こねこ　ニャーン

2　ねんねん　ねこねこ　ねんねん　ねこねこ
おひるね　いやだ　ニャーン

3　ねんねん　ねこねこ　ねんねん　ねこねこ
いたずら　こねこ　ニャーン

4　ねんねん　ねむねむ　ねんねん　ねむねむ
ねーこ　の　こねこ　（おやすみなさい）

＊あそび歌……「いとをまきまき」のメロディーで

♪ 歌にあわせて体を動かしてみよう ♬

1 **ねんねん　ねこねこ** 右手をまねき猫のように２回動かす。	**ねんねん　ねこねこ** 左手で２回。	**ねこの** 両手を腰にして、右へかたむける。	**こねこ** 左へかたむける。	**ニャーン！** 両手でまねき猫の手。

2 **ねんねん　ねこねこ** 右手で２回。	**ねんねん　ねこねこ** 左手で２回。	**おひるね** 右手をあげる。	**いやだ** 左手をあげる。	**ニャーン！** 両手をあげてジャーンプ！

3 **ねんねん　ねこねこ** 右手で２回。	**ねんねん　ねこねこ** 左手で２回。	**いたずら　こねこ** くすぐりっこをする。	**ニャーン！** そのままジャーンプ！

4 （ゆっくりと…） **ねんねん　ねむねむ** 右手を、顔の前で眠そうに２回動かす。	**ねんねん　ねむねむ** 左手で２回。	**ねこの** 両手をあわせて、右頬に。	**こねこ** 左頬に。	**おやすみなさい**

あとがき

「私のこの本」という文章が新聞に書かせてもらった生まれて初めてのエッセイで、これは私の最初の絵本『とうさんかあさん』をとりあげたものです。このエッセイ集はそのときから今までの文章が、なんとまああれもこれもおもちゃ箱のように入っています。

そのデビュー作は当時葦書房におられた福元満治さんが出して下さったもので、私は太宰府に住んでいました。葦書房でも初めての絵本の出版で、初版の発行部数も地方出版としてはびっくりする六千部という多い部数で、私はうれしいよりも心配でたまらなくドキドキしてしまいました。福元さんはその後すぐに葦書房をやめられて驚きましたが、たった一人だけの出版社石風社を起こされました。(『とうさんかあさん』はいい編集をして下さったおかげで版も重ねることができ、今も読まれているロングセラーになりました。)

当時石風社はフトン屋の二階にあり、ギコギコ階段を登ってゆくと入口のドアのガラスにセンダックの『かいじゅうたちのいるところ』の絵がセロテープではり付けてありました。本で床がぬけそうな古い家でしたが、下がフトン屋なのでまあケガも大丈夫だと笑い、これからジャンジャン仕事するぞという素振りなど何一つなく、仕事がないからタンポポを摘んでタンポポ酒を作ったとか、山に登ったとか、体にもやっと風が吹くようになったと言ってのんびりとしておられました。ちょうど私も福岡から東京に転勤になり、事務所の小さなガスコンロで料理した無国籍料理で送別会をして下さいました。おいしかったとても。いごこちのいい石風社は人の集まる場所となり、ここの料理を食した人はみずかみかずよ、阿部謹也、内田麟太郎と、皆ここから本を出したがる不思議さがありました。

その後、中津千穂子さんと藤村興晴君といい編集者を育てられ三人の息のあった仕事ぶりで次々にいい本を出版されています。フトン屋の二階から平和台競技場の見えるビルに越されましたが、小さなガスコンロの料理は今も続いているのでうれしくなります。この料理が続くかぎりいい本が出せると思います。

そんな事で初めての絵本を出して下さって以来ずっと私の仕事をみていて下さり、そのたびに辛口の評をいって私をたたきのめすうれしい編集者です。

そんな福元さんから今までに書いたものをまとめて一冊に、と言われたときはうれしかったです。これまでさまざまな雑誌や新聞に書いて来たものを集めることになったのですが、ぜんぜん管理が悪くて何に書いたかという記録すらとってなく、忘れてしまっていて見つけ出すのに苦労しました。

絵本や絵ばかり描いていると、どこかでひとりよがりなところがあってそれもしかたないと思いつつイヤだと思う気も大きく、文章を書くことで自分で気付かなかったことがはっきりと見つかることもあるので、私の中の支離滅裂頭をいえシリメツレツなところをバランスを取ろうとして書いているような気がしてなりません。

ところがなんのなんの、シリメツレツだから出すのだと言う。なんだなんだ、せめてウソでもいいからイイ文だから出すと言ってほしいなあ。けど、なぜかそう言われてほっとしました。

けれども校正刷りをみてコレはマズイと目がさめた。これもやめたい、あっ、これも、これもといいましたが、ダメだといわれ、古い昔のオロカな自分や、すこしもそのときから変わっていない自分のカケラを付きっつけられて狼狽する。このロウバイは老倍と書きたい。はずかしくてヨレヨレヨレヨロけてシワが倍になってしまいそうだからです。

あれもこれも失敗ばかりの文だけど、それもみなふしぎとうれしいことにして許して下さい。

長野ヒデ子

初出紙誌一覧

鎌倉ライブ　「愛媛新聞」〈四季録〉九八年十月三日から九九年三月二十八日

サラダの気分で

うちのサラダちゃん　「こどものくに」九二年二月号（鈴木出版）
イワさん？　「こどものくに」九二年三月号
お月さま一つずつ　「こどものくに」九二年十一月号
ほんとにいるのかな？　「かけはし」29号（太宰府小学校学校通信）七六年十二月
フライパン　「小さい旗」82号（小さい旗の会）八八年十二月
レオレオの帽子をかぶって　「日本児童文学」九三年九月号（日本児童文学者協会）
古田先生小児科にかかる　『古田足日全集』付「人物エッセイ」（童心社）九三年十一月
ベティがやってきた　「こどものくに」九二年六月号
数珠玉の帽子　「こどものくに」九二年七月号
ネコでも行ける博物館　「Museum Kyusyu」№50（博物館等建設推進九州会議編集委員会）
農業小学校のうた　「こどものくに」九二年五月号
満月の夜のふしぎ　「日本児童図書評議会会報誌」九六年二月号
赤ちゃんが生まれてはじめてであう布、タオル　「テキスタイル・レポート今治」№1（今治繊維リソースセンター）九九年二月
庖丁を研ぐ　未発表

夜の電車の中で　未発表
拝志の海　「ポアン」九八年春号（創風社）
織田ヶ浜と子ども　「子どもと読書」九一年七月号（親子読書地域文庫全国連絡会）
海にだっこ　「母のひろば」九七年六月号（童心社）
ぼーっと　「こどものくに」九二年十月号
「美意識の違いです」　「こどものくに」九二年十二月号
「りんごの木」　未発表
「ふしぎとうれしい」　未発表

でかけターイ

私も森に住みたい　「こどものくに」九二年一月号
ニワトリのおばあさん　「子どもと読書」九七年一、二月号（親子読書・地域文庫全国連絡会）
風邪ひき、おきゅう、梅エキス　「草土文化」九七年七月号（草土文化）
けんぶち絵本の館　「JBBY通信」九八年
小浜島の秋野亥左牟さん　「ぐるくん」4号（久留米市立図書館・岡龍三通信）九五年十一月
森に怪獣が来た!?　「こどものくに」九二年九月号
ピーターラビットになった気分で旅をした　「こどものくに」九二年四月号
モグラの旅の気分で　「OUR POTTERING 1991」（ピーターラビット友の会海外研修（英国コース）グループ）九一年十二月
市場を歩いて元気ピンピン　「こどものくに」九二年八月号

ボローニアへ　「よこはま文庫の会」№２０２、２０３（横浜文庫の会）九四年十一月、十二月
メコンの黄色の優しさ強さ　「ラオスのこども通信」１４号（ＡＳＰＢ発行）九九年六月
「ナムサンホイ」　未発表

エホン、ゴホン

はじめての絵本　「西日本新聞」八一年五月十二日
花びら忌　『長崎源之助全集１７　きよちゃんはやぎがかり』付冊子（偕成社）八七年十二月
不安でいっぱいだった「よこはま文庫の会」１７３号　九一年十一月
江戸に行けます　「季刊びわの実学校」九三年七月号
お母さんとして生まれたんだ　「この本だいすき」７２号（「この本だいすきの会」）九三年九月号
たいこさん今度はどこへ行くの　「絵本ジャーナルPee Boo」２３（ブックローン出版）九六年六月
抱きしめて『狐』「母と子の読書新聞」３３９号（福岡県母と子の読書会協議会事務局）九九年十二月
子どもの本の日　未発表
仙人の絵本　「母のひろば」九二年八月号
サラダちゃんおすすめの一冊　「母のひろば」九五年一月号
長靴クンはけなげでいとおしい　「みんなでかみしばい」二〇〇〇年八・九月号（童心社）
絵本は深い　「日本児童文学」九一年三月号、五月号、七月号（日本児童文学者協会）
手づくり絵本　「朝日新聞」八三年二月四日

さんぽの絵本をつくりましょう　「VENTÉ　創作絵本講座」（VENTÉ）九七年五月

金魚さんごきげんよう　「母と子」表紙絵に寄せて（母と子社）九一年一月号から九五年十二月号より

サラダのおまけ

サラダのお手紙　「日本児童文学」九二年七月号、十月号、九三年四月号

「ねんねんねこねこ」ねーこになってあそぼ　「プウ」二〇〇〇年六月号（チャイルド本社）

長野ヒデ子(ながの・ひでこ)

1941年、愛媛県瀬戸内うまれ。今治タオルの立ち上げに関わり今治タオル名誉ソムリエ。

『とうさんかあさん』で日本の絵本賞文部大臣奨励賞、『おかあさんがおかあさんになった日』でサンケイ児童出版文化賞、『せとうちたいこさんデパートいきタイ』で日本絵本賞受賞。『すっすっはっはっ こ・きゅ・う』『まんまん ぱっ!』『おつきさま ひとつずつ』『おにぎり おにぎり』など絵本作品多数。『ころころじゃっぽーん』『くわず女房』『ま〜るかいて ちょん!』など紙芝居作品も数多く手がける。

日本児童文学者協会、日本出版美術家協会、JBBY、絵本学会、日本ペンクラブ、紙芝居文化推進協議会、紙芝居文化の会等の会員。紙芝居文化推進協議会会長を長年務める。来島武彦文化賞受賞。鎌倉市在住。

ふしぎとうれしい

二〇〇〇年八月二十日初版第一刷発行
二〇二二年六月三十日初版第四刷発行

著 者 長野ヒデ子

発行者 福元満治
発行所 石風社
福岡市中央区渡辺通二—三—二十四
電 話 〇九二(七一四)四八三八
FAX 〇九二(七二五)三四四〇
https://sekifusha.com/
印刷製本 シナノパブリッシングプレス

価格はカバーに表示しています。

落丁、乱丁本はおとりかえします。

ISBN978-4-88344-064-8 C0095

＊表示価格は本体価格。定価は本体価格＋税です。

ながのひでこ［作］

とうさんかあさん

第一回日本の絵本賞文部大臣奨励賞受賞「とうさん、かあさん、聞かせて、子どものころのはなし」。子どものみずみずしい好奇心が広げる、素朴であったかい世界。ロングセラーとなった長野ワールドの原点、待望の新装復刊

【3刷】1400円

長野ヒデ子［編著］　右手《うて》和子／やべみつのり［著］

演じてみよう つくってみよう 紙芝居

日本で生まれた紙芝居が、いま世界中で大人気。紙芝居は観るだけでなく自分で演じてそして作ってみると、その面白さがぐんと深まります。紙芝居の入門書。イラスト多数

【3刷】1300円

長野ヒデ子

かこさとしの手作り紙芝居と私　原点はセツルメント時代

紙芝居の第一人者・かこさとしさんの活動を振り返り、その魅力を紹介。「目まぐるしく変わる時代に紙芝居の持つゆったりした時間と生身の声で演じる心地よさが見直されて、いまこそ紙芝居が求められているのだと思います」（あとがきより）

800円

中村　哲

医者、用水路を拓く　アフガンの大地から世界の虚構に挑む

＊農村農業工学会著作賞受賞

養老孟司氏ほか絶讃。「百の診療所より一本の用水路を」。百年に一度といわれる大旱魃と戦乱に見舞われたアフガニスタン農村の復興のため、全長二五・五キロに及ぶ灌漑用水路を建設する一日本人医師の苦闘と実践の記録

【9刷】1800円

石牟礼道子

［完全版］石牟礼道子全詩集

時空を超え、生類との境界《あわい》を超え、石牟礼道子の吐息が聴こえる——。二〇〇二年度芸術選奨文部科学大臣賞受賞『はにかみの国』大幅増補。遺稿「ノート」より新たに発掘された作品を加え、全一一七篇を収録する四四四頁の大冊

3500円

＊読者の皆様へ　小社出版物が店頭にない場合は「地方・小出版流通センター扱」とご指定の上最寄りの書店にご注文下さい。なお、お急ぎの場合は直接小社宛ご注文下されば、代金後払いにてご送本致します（送料は不要です）。